MOEURS FRANÇAISES.

MOEURS
ADMINISTRATIVES,

POUR FAIRE SUITE

AUX OBSERVATIONS

SUR LES MOEURS ET LES USAGES FRANÇAIS
AU COMMENCEMENT DU XIXe. SIÈCLE.

TOME I.

Ouvrages du même auteur.

L'ART D'OBTENIR DES PLACES. ⎫
L'ART DU MINISTRE. ⎬ Épuisés.
L'ART DE FAIRE DES DETTES. ⎭
L'ART DE PROMENER SES CRÉANCIERS.

PARIS.—IMPRIMERIE DE FAIN, RUE RACINE, N°. 4,
PLACE DE L'ODÉON.

MOEURS
ADMINISTRATIVES,

PAR M. YMBERT;

POUR FAIRE SUITE

AUX OBSERVATIONS

SUR LES MOEURS ET LES USAGES FRANÇIS
AU COMMENCEMENT DU XIXe. SIÈCLE.

Orné de deux gravures

et de dix-huit vignettes.

TOME PREMIER.

DEUXIÈME ÉDITION.

A PARIS,
CHEZ LADVOCAT, LIBRAIRE
DE S. A. R. MONSEIGNEUR LE DUC DE CHARTRES.
AU PALAIS-ROYAL.

M. DCCC. XXV.

PRÉFACE.

J'ai voulu, dans les lettres que je publie, tracer en riant une sorte de *Cours d'administration*.

Le libraire les a fait imprimer, parce qu'il les croit *amusantes*; moi, parce que je les crois *utiles*.

L'administration envahit tout; les administrateurs pullulent, et pourtant les quatre-vingt-dix-neuf vingtièmes de la population ignorent complétement quelle est la nature de cette force motrice qui, nous poussant à coups d'ordonnances, de règlemens et d'arrêtés, nous contraint à marcher droit sur la grande route de l'obéissance.

C'est une étude à faire : soyons moutons, je le veux bien ; marchons docilement et en troupeaux, puisqu'il y a nécessité à produire de la laine, surtout puisqu'il faut paître, et paître dans les champs permis ; mais, moutons observateurs, sachons au moins quelle longueur ont les houlettes de nos bergers ; quand et pourquoi ils lancent contre nous leurs chiens dévoués ; et, s'il est de notre destinée d'être tondus, apprenons du moins l'art de brouter opportunément, et de bêler à propos.

Elle est innombrable la foule de gens qui paient leurs impôts et qui ignorent quelle est la puissance chargée d'ouvrir leur bourse de gré ou de force ; ils ne savent pas le moins du monde par qui est mise en jeu cette grande machine où vont s'engloutir des por-

tions de leur argent dans des trous
appelés *douane, octroi, impôt fon-
cier, portes et fenêtres, patente, timbre, loterie,* etc. ; ce sont autant de
casse-cous dont ils ne connaissent point
la profondeur. Qui les y pousse ? Peu
leur importe : ils savent de père en fils
qu'il y faut tomber, voilà tout. Leurs
devoirs militaires, civils et politiques,
ils les remplissent sous l'empire de la
même ignorance.

N'apercevez-vous pas qu'il y a derrière tout cela des ministres, des directeurs et des commis? des préfets, des
procureurs du roi, des gendarmes et
des commissaires de police? N'est-il
pas à propos d'apprendre comment
ces bergers-là se comportent? De savoir
comment ils nous parquent, nous mar-
quent et nous comptent? Vous sentez
qu'il peut y en avoir de sorciers, ou
plutôt de donneurs de sorts ; on en

peut rencontrer qui dérobent le lait
des brebis, qui leur tondent la laine
sur le dos, et coupent même le cou à
quelques agneaux.

J'ai voulu faire connaître l'importance, la fainéantise, la cupidité et l'é-
goïsme de la plupart de ces bergers ;
mais, au lieu de monter en chaire et
d'affubler la critique de la robe noire
et du bonnet carré, je l'ai habillée à la
légère. Sous ce costume, elle a pris ses
ébats ; elle s'est permis de plaisanter
certains administrateurs, de tourner
en ridicule quelques abus, de faire des
saillies sur la majesté des audiences,
et des pointes sur la gravité des circulaires. Fontenelle, s'attaquant à un
sujet d'une bien autre élévation, et faisant l'éducation astronomique d'une
comtesse, a osé, dans son livre *des
Mondes*, badiner avec les astres ; j'ai

cru être en droit de m'égayer avec les ministères.

Certains directeurs, chefs et sous-chefs, auraient bien voulu mettre ma bonne humeur en prévention et mon hilarité en jugement; mais les *Mœurs administratives* avaient égayé deux femmes de ministres. Le dialogue, dont ces lettres ont été le sujet de la part de l'une de ces dames, est comme une préface toute faite que je n'ai qu'à transcrire ici.

DIALOGUE.

LA FEMME DU MINISTRE.

Ah! que je m'ennuie à la campagne, quand je n'y trouve point à faire quelque lecture nouvelle.

LE MINISTRE.

N'as-tu pas les journaux?

LA FEMME DU MINISTRE.

Y pensez-vous? les journaux, où je lis chaque jour que vous êtes incapable, stupide, ignorant et..... fripon. Quand on a lu cela une fois.....

LE MINISTRE.

C'est vrai : ces malheureux journaux

se répètent; mais tu ne sais pas quel plaisir t'attend?

LA FEMME DU MINISTRE.

Quoi donc?

LE MINISTRE.

Comment appelles-tu ce libraire qui exploite toutes les célébrités.....

LA FEMME DU MINISTRE.

Je ne sais.

LE MINISTRE.

Si fait... Ce libraire qui fabrique tant et de si jolis volumes,.. qui met le génie en vignettes, et l'esprit en culs-de-lampes?...

LA FEMME DU MINISTRE.

Ah! M. Ladvocat.

LE MINISTRE.

C'est cela. Il vient de réunir ces let-

tres... tu sais bien... ces lettres sur...
les *Mœurs administratives.*

LA FEMME DU MINISTRE.

Qui m'ont tant fait rire à vos dépens et à ceux de vos directeurs?

LE MINISTRE.

Précisément; on annonce que l'auteur y a ajouté plusieurs lettres iné-
dites; ainsi voilà qui te prépare une
soirée......

LA FEMME DU MINISTRE.

Délicieuse! Ces lettres-là m'ont appris les ministères et les bureaux
comme si j'y avais passé ma vie en-
tière. Je n'avais pas la moindre idée de
l'utilité de ces bataillons de commis;
j'allais même jusqu'à me demander à
quoi vous étiez bon vous-même? Les
lettres sur les *Mœurs administratives*

ont fait mon éducation, et cela si complétement, qu'en vérité je serais en état de vous remplacer si vous veniez à manquer.

LE MINISTRE.

L'état serait bien gouverné.

LA FEMME DU MINISTRE.

Je vous assure que je n'aurais pas fait la faute des trois pour cent.

LE MINISTRE.

Allons, allons, jusque dans mon jardin? C'est trop fort.

LA FEMME DU MINISTRE (appelant).

Monsieur le secrétaire général, arrivez donc!

LE SECRÉTAIRE GÉNÉRAL (accourant du fond de l'allée).

Madame la comtesse, je suis à vos ordres.

LA FEMME DU MINISTRE (au secrétaire général.)

Nous aurons incessamment les *Mœurs administratives*, en deux volumes. M. Ladvocat les publie.

LE SECRÉTAIRE GÉNÉRAL.

M. Ladvocat pourrait publier quelque chose de mieux.

LA FEMME DU MINISTRE.

Ah ! vous avez de la rancune. Vous ne pardonnez pas à l'auteur de vous avoir appelé la *femme de ménage* du ministère.

LE SECRÉTAIRE GÉNÉRAL.

C'est que... c'est nous donner un ridicule...

LA FEMME DU MINISTRE.

Point. J'ignorais tout-à-fait à quoi vous étiez utile ; mais quand j'ai su que vous étiez chargé de distribuer le papier et les plumes, le bois et la bougie, les pelles et les pincettes, j'ai reconnu que vous étiez un fonctionnaire indispensable, et il me semble que le mot *femme de ménage*, pris dans ce sens, vous honore infiniment. Je vous trouvais bien plus ridicule avant de savoir à quoi vous étiez bon.

LE SECRÉTAIRE GÉNÉRAL.

L'auteur ne respecte pas les Excellences plus que les secrétaires généraux. Madame la comtesse n'aura sûrement pas trouvé plaisant le trait de ce ministre qui prend en secret des leçons d'un professeur d'éloquence, et qui grimpe dans une mansarde pour se former aux luttes parlementaires.

LE MINISTRE (à demi-voix).

Je ne sais pas diable ! où l'auteur a su

cela ; le trait est vrai : il s'agissait de perdre l'accent. Au surplus, il n'y a rien là de plaisant : Démosthènes haranguant les flots avec des cailloux dans la bouche, est bien autrement ridicule qu'un ministre qui apprend à prononcer.

LA FEMME DU MINISTRE.

Pour moi, je rirai toute ma vie de cette jument Cocotte qui parvient à porter son maître au Conseil d'état, et que son instinct attire sans cesse chez M. le garde-des-sceaux. A la place de de Sa Grandeur, j'aurais acheté cette bête-là.

LE MINISTRE.

Sa Grandeur en a bien assez à son service.

LA FEMME DU MINISTRE.

A propos, monsieur le secrétaire

général, avez-vous lu l'histoire des ânes
et d'un préfet?

LE SECRÉTAIRE GÉNÉRAL (sèchement).

Non, madame, et je vous avoue
que je ne vois pas par quelle torture
d'esprit on peut parvenir à rapprocher
des êtres qui ont si peu d'analogie
entre eux.

LA FEMME DU MINISTRE.

Dans l'histoire ils en ont beaucoup :
les ânes ont pensé faire destituer le
préfet.

LE SECRÉTAIRE GÉNÉRAL.

C'était sous Napoléon. Jamais, sous
un gouvernement légitime, vous ne
verrez de pareilles choses.

LA FEMME DU MINISTRE.

Ce que vous verrez, ce qu'on verra
de tout temps, ce sont vos directeurs

et vos commis importans qui n'ont rien
à faire et qui répondent : *Je n'ai pas
le temps*. Mais une lettre que je sais
par cœur, et sur la vérité de laquelle je
voudrais bien qu'une Excellence disgrâ-
ciée m'éclairât, c'est la lettre sur le
ministre qui s'en va. (*A son mari*),
as-tu lu les détails de la retraite de ce
malheureux ministre ?.....

LE MINISTRE.

Laisse-moi donc tranquille.

LA FEMME DU MINISTRE.

Comme il revient honteux du château des Tuileries ! Ce laquais qui ouvre
tristement la marche; cette lanterne
sourde; cet autodafé nocturne.....

LE MINISTRE.

Parlons d'autres choses, je t'en prie.

LA FEMME DU MINISTRE.

Il commente le *Moniteur*, et a toutes les peines du monde à se persuader qu'il est remplacé.....

LE MINISTRE.

Caroline, vous allez me donner une indigestion.

LA FEMME DU MINISTRE.

Par exemple, la manière peu galante dont vous me traitez, me donne à penser que l'auteur s'est trompé dans sa lettre sur les femmes.

LE MINISTRE.

Que dit-il des femmes?

LA FEMME DU MINISTRE.

Que Napoléon les avait exclues du gouvernement, et que la restauration leur a rendu une partie du pouvoir. A entendre l'auteur, elles ne sont pas étrangères aux élections; quelques-unes administrent des préfectures pendant que leurs maris sont à la chasse; celles-ci dictent des arrêts à M. le président de la Cour royale; celles-là gouvernent la recette générale.....

LE MINISTRE.

Sottises que tout cela. Je te demande si je t'accorde la moindre influence sur les affaires? Ne t'ai-je pas constamment refusé ce que tu sollicites?

LA FEMME DU MINISTRE.

Belle raison, ma foi! Sans doute de celles que vous avez coutume de jeter au nez de la Chambre des députés, et qui font quelquefois huer vos discours.

LE MINISTRE.

Allons, Madame, laissons ce sujet, je vous prie. La question n'est pas de savoir si j'ai de la raison et de l'élo-

quence. Ce que vous ne révoquerez
point en doute, c'est mon dévouement,
(*haussant la voix*) mon inviolable dévouement à la personne sacrée.....

LA FEMME DU MINISTRE.

Ah! parbleu! vous oubliez que vous
êtes chez vous, à la campagne, dans
votre jardin, et que vos protestations de
dévouement ne peuvent être recueillies
ici que par les taupes....

LE MINISTRE.

Je vous demande pardon : il y a des
voisins.....

LA FEMME DU MINISTRE.

C'est cela ! comme à l'ordinaire,
parlez pour les voisins..... En vérité,
mon auteur n'a pas eu tort de vous
trouver des côtés ridicules ; si vous étiez
de bonne foi, vous conviendriez

LE MINISTRE.

Je conviens qu'un bonne loi, non pas *sur*, mais *contre* la presse, est nécessaire pour nettoyer la route ministérielle des embarras qu'y jettent tous ces petits écrivassiers, vrais cosaques, qui harcèlent également nos marches et nos haltes. Ce n'est pas que l'on craigne de pareilles attaques; mais elles tendent à enlever au pouvoir cette dignité, ce respect dont les enveloppe une salutaire ignorance. Je dis *salutaire*, parce que l'idée populaire, qu'à raison de ma qualité de ministre et de mon habit brodé, je suis le plus fort et le plus capable, est un moyen de conservation sociale, bien autrement solide que le rêve constitutionnel. Donc, on devrait punir un barbouilleur de papier qui se permet de donner à penser qu'un ministre du Roi est un homme comme

un autre ; qu'il a des passions, des ma-
nies ; qu'il est obligé de prendre des
leçons ; et, que lui, ses directeurs et ses
commis, font souvent des bêtises.....

LA FEMME DU MINISTRE.

Ce qui est impossible.

LE SECRÉTAIRE GÉNÉRAL.

Certainement.

MŒURS

ADMINISTRATIVES.

N⁰. I. — *27 mars 1824.*

PREMIÈRE LETTRE

A MADAME......

Divers genres de mœurs. — La centralisation. — Aucune condition n'échappe à l'action administrative. — Immensité du sujet. — Un roi ne peut pas tout faire. — Nécessité des ministères. — Cent soixante mille bras. — Les quatre faces. — Logement du ministère. — Avantages d'un déménagement général. — Les couvens convertis en bureaux et les bureaux en couvens. — Manie des constructions. — Logement du ministre. — Propriété nationale à vendre. — La cour. — L'antichambre. — Salle des huissiers. — Salon de réception. — Salle des pas perdus. — Salle à manger. — Une porte pour chaque service. — La cuisine a ses directeurs généraux, chefs, sous-chefs et employés. — Salle de billard. — La poule avec les députés. — Le jardin ministériel. — Premier étage. — Ménage du ministre. — Cabinet de travail. Gens attachés à la personne. — Les sonnettes.

JE prends pour texte de mes lettres un titre qui peut paraître bizarre. Écri-

vez, me direz-vous, sur les *mœurs* d'une
nation dans le sens général qu'on attache à ce mot, et quand vos tableaux
vous conduiront à admettre le portrait
d'un directeur, d'un secrétaire-général,
d'un chef de bureau ou d'un surnuméraire, faites-les ressemblans le plus que
vous pourrez, mais n'allez pas créer
des divisions là où il n'y en a point.
Nous en comptons bien assez sans cela.

Voilà qui est mal raisonné. Vous
voulez enseigner les mœurs, et, dans
vos leçons, vous marchez sans ordre,
sans méthode, sans analyse. Est-ce
ainsi que vous professez les mathéma-
tiques? est-ce ainsi que vous procédez
dans vos cours de chimie, de physique
ou d'histoire naturelle? Ici, vous posez
des principes qui vous conduisent du
connu à l'inconnu; là, vous distinguez
des genres, des espèces et des variétés,
dont les ingénieuses divisions permet-

tent à l'esprit de se rendre maître d'un ensemble qui lui aurait échappé. Pourquoi ne soumettrions-nous pas l'étude des mœurs à cette méthode analytique qui est le flambeau à l'aide duquel les sciences ont fait tant de progrès ? Les créations sociales ont engendré des mœurs dans les mœurs. L'avocat ou le juge n'ont ni les habitudes ni les manières du soldat ou du marin ; les usages sont différens entre le traficant et l'administrateur, l'ouvrier et l'homme de lettres. Si vous les connaissez, décrivez les *mœurs judiciaires*. Avez-vous observé les camps : tracez-moi la peinture fidèle des *mœurs militaires*. Vous êtes-vous trouvé jeté au milieu de cette classe active, laborieuse qui, par la rapidité de ses échanges, efface du globe les différences de climats et de saisons : développez à mes regards le tableau des *mœurs commerciales*.

Moi, chétif, le sort m'avait placé au sein de ces légions indolentes, monotones, que la cloche de neuf heures appelle à leur bureau, et que la cloche de quatre heures en exile. J'écris sur les *mœurs administratives*.

Ces mœurs ne manquent pas d'intérêt. Vous le savez : des orateurs qui ne sont pas suspects ont tonné contre le système de *centralisation* : c'est qu'alors ils étaient à l'extrémité des rayons ; mais rien n'est plus doux que d'être fait centre. Dès que la fortune vous a placé là, vous revenez comme par enchantement de ces généreuses idées de dispersion du pouvoir, et vous fermez vivement la main de peur d'en laisser échapper quelque parcelle. La centralisation n'est autre chose que de l'égoïsme ; dans ce siècle, le *Je* est dominateur : on sent partout sa puissance, et je ne crois pas que les gouvernemens qui l'ont adopté, y renoncent légèrement.

Là où le pouvoir centralise, toute l'attraction se réunit au siége des grandes administrations ou, si vous le voulez, des ministères. Quelque petit que vous soyez, ne vous flattez pas de vous soustraire à cette force attractive : vous en subirez tôt ou tard les effets. Qui de nous, par exemple, ne s'est pas vu contraint, au moins une fois dans sa vie, de faire une pétition à quelque Excellence? À l'état de concentration où l'autorité est parvenue, nous sommes autant de petites aiguilles aimantées dont le gouvernement est le pôle. Il est parmi nous des aiguilles plus ou moins récalcitrantes ; mais, bon gré, mal gré, il faut toujours qu'elles finissent par virer. Trouvez-moi une indépendance qui n'ait point à se frotter par quelque bout à un ministre ou à un ministère, ou à quelqu'un des cent mille fonctionnaires qui en dépendent? Choisirez-vous, pour résoudre ce problème, le magnifique état de propriétaire? Les règlemens sur la grande et la petite voirie vous contraindront jusques dans la moindre des réparations, et vous voilà pétitionnaire devant M. le préfet de police. Préférez-vous l'utile profession de manufacturier? La fumée de vos fourneaux incommode un pair de France, dont la campagne est sise à quelque demi-lieue de vos usines, et il obtient du préfet la fermeture provisoire de vos ateliers. Il faut expertiser, faire des mémoires, trotter durant six mois dans les bureaux du ministère de l'intérieur, heureux à la fin d'être renvoyé devant le conseil d'état, et d'être écouté avec bienveillance par un petit maître des requêtes rapporteur, qui comprendra bien moins votre utilité que les mécontentemens du pair de France. Vous jeterez-vous dans les valeurs de portefeuille ? Le moindre protêt vous force à recourir au ministère d'un huissier. Vous voilà conduit tout droit au tribunal de commerce, ou, si vous n'êtes pas patenté, devant les tribunaux ordinaires qui appartiennent, comme vous le savez, au département de la justice.

Vous aurez beau vous agiter dans tous les sens pour éviter le point de contact avec l'administration, vous fissiez-vous anachorète, il faudra que votre aiguille tourne vers les bureaux et les commis. Si vous voulez échapper à cette loi générale, embarquez-vous avec quelque moderne Colomb, et courez à la recherche d'un nouveau monde.

Apprenons donc à connaître les mœurs administratives. Ce sujet est

vaste. Je ne sais jusqu'où il me con-
duira : je ne me sens point cependant
l'haleine assez longue pour le traiter à
fond, et je ne franchirai sans doute
pas le point central. Combien serait
immense ma carrière si, après avoir
décrit les mœurs d'un ministère, je
m'étendais à celles de ses nombreux
agens ? Je me verrais conduit à vous
introduire chez les préfets, chez les
receveurs généraux, chez les sous-préfets, chez les receveurs particuliers,
chez MM. des domaines, de l'enregistrement, dans les parquets des cours
de première instance, des cours roya-
les, dans les états-majors de MM. les
généraux commandant les divisions ou
les départemens, et jusques chez monseigneur l'évêque qui a aussi ses mœurs
administratives. Cette course est trop
étendue. Je m'arrêterai lorsque je serai
fatigué, ou plutôt lorsque vous serez

lasse de me lire : c'est limiter ma carrière au plus court trajet.

Il faut que je prenne la chose de
haut, car vous ne savez pas, madame,
ce que c'est qu'un ministère. Il est sur
ce point, dit-on, certaines femmes qui
sont hommes, et qui en remontreraient
à beaucoup d'habiles administrateurs ;
mais vous m'avez déclaré que vous n'é-
tiez point de celles-là ; que jamais
votre sourire n'avait conquis une recette générale, ni vos dents blanches
une sous-préfecture. Des yeux moins
beaux que les vôtres obtiennent cependant quelquefois d'heureuses révéla-
tions de la nouvelle qui doit faire la
hausse ou la baisse. Avec une seule
nouvelle de ce genre, et un agent de
change actif, on a bientôt acquis des
maisons de campagne, des équipages,
des laquais et des tables somptueuses.
Il ne s'agit que d'être la favorite d'un

puissant et de connaître un peu les
mœurs administratives. Commençons,
il est temps.

Quand vous dites, *Je suis Fran-
çaise*, savez-vous bien ce que cela si-
gnifie? Cela veut dire : « Je fais partie
» d'une nation composée de plus de
» trente millions d'individus qui font
» à perpétuité et par calcul, ou si vous
» le voulez par nécessité, le sacrifice
» d'une portion de leur liberté natu-
» relle et de leur argent, pour vivre
» sous la protection de lois communes
» qui garantissent à chacun la jouis-
» sance paisible du reste de son bien
» et de ses facultés. » Or, pour faire
exécuter ces lois, il faut un chef : c'est
le roi; mais vous concevez qu'un roi ne
pourrait suffire seul aux besoins, aux
réclamations que font entendre trente
millions de voix, ni administrer seul
la portion de liberté naturelle et d'ar-

gent dont trente millions de sujets font
le sacrifice. Il est tel sujet, par exemple, qui ne paie qu'un petit écu pour
ce sacrifice d'une portion de son argent :
vous n'imaginez pas qu'un roi puisse aller recevoir de sa personne, ce petit écu.
Il lui faudrait trente millions de mains,
et la Providence, comme nous-mêmes,
a jugé que les plus grands monarques
en avaient assez de deux. Un aussi
grand état donne quelquefois de l'om-
brage à des états voisins ; il renferme
dans son propre sein des vagabonds,
des voleurs, des assassins ; à moins de
pouvoir brandir deux cent mille lan-
ces, d'être en état de poser une jambe
sur les Pyrénées et l'autre sur le Rhin,
un roi seul ne saurait nous tenir en
garde contre ces terreurs-là. Entre
compatriotes, nous ne sommes pas
toujours d'accord ; c'est à qui empié-
tera sur le pré de son voisin ; un procès

s'élève, et chacun soutient qu'il a le bon droit : un roi ne peut pas entendre, de ses deux oreilles, tous les plaideurs. Il n'y avait que le roi saint Louis qui fût de cette force, et cela, dans un temps où rien n'était perfectionné. Enfin il y a des rivières à rendre navigables, des ponts et des monumens à construire, des hôpitaux et des prisons surtout à entretenir. Ne voyez-vous pas qu'un roi ne peut pas avoir les clefs de tout cela ?

Voilà d'où nous sont venus les ministères des finances, de la guerre, de la justice et de l'intérieur, qu'on retrouve dans tous les pays. La perfection s'en est mêlée, et l'on a ajouté à ces ministères indispensables, ou plutôt dont on ne se dispense pas, des ministères des cultes, du commerce, etc. C'était du luxe administratif dont on a reconnu l'abus.

Chacun de ces ministères emploie
(indépendamment des deux grands
bras du ministre qui le commande),
trente à quarante mille autre bras,
lesquels, pour se mouvoir dans le sens
convenu, sont salariés sur le sacrifice
que nous faisons d'une portion de notre argent. Le roi commence, je le
vois, à vous paraître assez puissant
pour entretenir l'ordre et la paix parmi
ses trente millions de sujets : le voilà
avec plus de cent soixante mille bras
à ses ordres, sans compter les soldats,
les douaniers, les gendarmes ; sans
compter enfin, tout ce que l'on appelle
force publique. Vous concevez maintenant comment certains bras trouvent
assez de loisir pour venir recueillir,
jusque sous le chaume, le petit écu de
l'humble contribuable ou du moins imposé.

Vous commencez à apprécier l'im-

rtance d'un ministère. Tout sujet est
administré sous quatre faces, à savoir :
les finances, la guerre, la justice et l'intérieur; qu'il se tourne comme il vou-
dra, un bon administrateur lui trou-
vera toujours ces quatre faces-là. Il en
résulte que chaque ministère administre une des faces de nos trente millions
de population, ce qui lui donne à peu
près autant de travail que s'il admi-
nistrait seul sept millions cinq cent
mille sujets sous leurs quatre faces;
mais il vaut bien mieux que chacun ait
sa partie distincte et séparée.

Organisons un ministère, et commençons par le loger.

Le gouvernement a toujours eu en
propriété d'immenses locaux, où, soit
dit en passant, il y a bien de l'emplacement perdu. Dans une multitude de
ces grands locaux, on ne trouve souvent
que de l'air et des araignées, tandis que

dans beaucoup d'autres (les hôpitaux et les prisons par exemple) on voit des malheureux entassés les uns sur les autres, de manière à faire croire que le moellon et la charpente font disette. Un déménagement général, bien combiné, bien entendu, donnerait à chacun de l'espace et de l'aise ; mais il y a des nécessités dans le mal comme dans le bien : à voir les choses marcher ainsi depuis des siècles, on se persuaderait qu'il faut de toute éternité que certains hommes respirent, et que certains autres étouffent.

C'est toujours un de ces grands locaux qu'on destine au ministre et au ministère. Aux anciens domaines de l'état la révolution avait ajouté ceux dont elle a déshérité les couvens. C'est fréquemment dans ces anciens couvens qu'on a établi les ministères. Les longs corridors qui les coupent et les traver-

sent, les vitraux de couleur qui les
éclairent, sentent les psaumes et les
cantiques, et le commis taille sa plume là où le moine aiguisait sa haire
et sa discipline. Il est vrai que ce mélange du profane au sacré paraît, de
nos jours, épouvanter l'administration.
Elle se hâte de rendre aux corporations
religieuses ces locaux usurpés; les bureaux se convertissent rapidement en
cellules et en confessionnaux; la prière
commence à retentir dans ces mêmes
couloirs où l'on dictait la circulaire, et
le supérieur s'assied sur le fauteuil que
faisait gémir un énorme chef de division. Tout reprend sa place, excepté
les malheureux commis que la dernière organisation a chassés.

Cette restitution aux congrégations,
des domaines que le service de l'état
avait envahis, a conduit à la nécessité
des constructions, nécessité ruineuse

pour les budgets, surtout pour les contribuables, mais très-profitable aux
architectes des ministères. Dans ces cas
fréquens, le plan de construction est
ordinairement tracé par le ministre en
place, qui travaille, en cela, pour son
successeur. Ceci fournirait matière à
une excellente comédie. Il faut voir
avec quel soin Son Excellence recommande l'antichambre, la salle à manger, le petit salon, le grand salon, et
l'escalier dérobé. Jusqu'à ce que le plan
soit bien arrêté, les affaires d'état sont
mises à l'arriéré. Madame est consul-
tée, et prévoit aussi pour les aises de la
femme du prochain ministre. Le grand
jour la fatigue : les carreaux du boudoir
seront en verre dépoli. Elle tient à com-
muniquer avec ses enfans sans traverser
les grands appartemens? Vite, un escalier en colimaçon est percé dans le petit
corps de logis. Il faut que la nourrice

1*

et la femme de chambre aient deux appartemens voisins. C'est l'affaire d'une
aile à ajouter au bâtiment du nord. Les
maçons ont fini, la menuiserie et la
serrurerie sont achevées, les peintures
sont sèches et ne donnent plus d'o-
deur; le déménagement a commencé.
Arrive la fatale ordonnance qui nomme
le successeur : il n'a rien à apporter que
son bonnet de nuit; son prédécesseur
a pensé à tout.

Avant de loger les bureaux, il faut
loger le ministre et sa suite. Cela exige
tout un hôtel. La porte est cochère,
cela va sans dire : à droite et à gauche
sont plantés des supports qui datent
de 1793, et qui, depuis cette époque,
ont reçu des lampions en l'honneur de
tous les gouvernemens; car les lampions
ne se sont point encore avisés d'avoir
d'opinion : ils brûlent pour tout le
monde. Au-dessus de cette porte cou-

rent ordinairement quelques vieilles sculptures ; souvent des Hercules avec leurs massues ; quelquefois des *Libertés* qu'on a depuis décoiffées, conceptions républicaines que l'on doit à des sculpteurs dont le ciseau converti produit aujourd'hui des saint Jean-Baptiste et des apôtres. Dans quelque coin de la corniche, on distingue les restes d'une inscription en lettres rouges, que le temps a insultées ; l'œil a bientôt complété leurs contours, et lit avec facilité ces mots : *Propriété nationale à vendre.* On entre, et l'on voit, attenant au massif de la porte, un petit pavillon de nouvelle construction, qui est destiné au logement du suisse : ce pavillon se compose de deux pièces par bas, et de deux chambrettes à l'étage supérieur ; il y a de là quoi loger le suisse et sa femme.

La cour est spacieuse : cinquante carrosses y tiennent à l'aise. Là, un brin

d'herbe ne s'aviserait pas de demander
l'hospitalité au petit intervalle qui sépare deux pavés : il serait à l'instant
foulé par un pied de cheval ou de solliciteur. L'herbe a de l'instinct, et n'ose
pousser que dans la cour d'un hôpital
ou d'une bibliothèque : ces cours-là ne
sont point fréquentées.

Six larges marches conduisent au rez-
de-chaussée, dont une immense porte
vitrée, construite en cintre, vous barre
l'entrée; elle s'ouvre, et vous vous trou-
vez dans une immense antichambre
dont les dales en polygone vous glacent
le pied; mais vous faites quelques pas,
et vous atteignez le tapis de moquette
qui, courant du deuxième étage au rez-
de-chaussée, vient expirer au milieu de
cette première pièce. Trois longues
banquettes qui la flanquent de fond,
de droite et de gauche, indiquent assez
que cette antichambre est le séjour des

laquais, des chasseurs, des cochers et des solliciteurs.

Cependant un espace y est ménagé pour le jeu d'une grande porte à deux battans; car, dans les hôtels des ministres, toutes les portes sont larges, peut-être pour indiquer combien on en sort facilement. Cette porte conduit dans une vaste salle, où quatre huissiers montent la garde, avec la chaîne au cou. Ces hommes, vêtus de noir, et généralement bien tenus, intimident les visiteurs. Il est quelquefois arrivé à de pauvres diables qui manquent d'habitude, de prendre l'un d'eux pour le ministre. Ces huissiers sont tout bonnement des laquais habillés de noir, qui crient le nom du porteur d'audience, et qui écoutent la sonnette du ministre pour lui apporter de l'encre, des plumes, de la poudre ou du papier. La pièce où ils se tiennent commence à faire briller aux regards un luxe qui sent le budget. Les Gobelins ne dédaignent pas d'étaler leurs riches couleurs et leurs élégans dessins sous les pieds des quatre huissiers. Toutefois, l'ameublement de cette première pièce rassemble des époques qui se font la grimace; par exemple, on voit suspendu à cette muraille un grand tableau qui représente la bataille de Fleurus; il avait été commandé par le comité de salut public. A cette autre paroi de la pièce se trouve un tableau d'inégale dimension, où l'œil distingue des turbans, des sabres en croissant, et un général coiffé de cheveux plats et d'un petit chapeau : c'est le combat d'Aboukir exécuté par ordre du directoire. Enfin, sur la cheminée, est une colossale pendule dont le balancier est formé d'un aigle, embrassant dans ses serres les armes de l'Empire. A cet aspect, l'observateur reconnaît que si les

gouvernemens n'héritent pas des doctrines, ils héritent au moins du mobilier.

Une double porte, dont l'intervalle
servirait d'antichambre à un honnête
ménage, ouvre l'entrée du salon de réception. Là, le plafond est enrichi de
dorures, et trois lustres qu'on y voit
suspendus éclairent les refus et les faveurs de Son Excellence. De quelque
côté que se tournent les regards, ils se
fixent sur le portrait d'un prince ou
d'une princesse. Dans ce salon, point
d'alliance monstrueuse de temps et d'é-
poques; la peinture, l'allégorie et les
beaux-arts y respectent la circonstance,
et exilent les contre-sens dans l'antichambre. Les velours mêmes des canapés
aux bras d'or célèbrent déjà les hauts
faits de la dernière guerre d'Espagne :
un conseiller d'état y prend courageu-
sement place sur la Bidassoa; mais un

vieux pair de France fatigué, qui reconnaît sur un fauteuil la prise du Trocadéro, se tient debout par respect, dans la crainte de fouler le portrait d'un personnage auguste.

Tandis que nous parcourons le rez-de-chaussée, j'aurais dû vous parler d'une grande pièce qui sépare encore le salon de la chambre des huissiers. Elle sert de lieu d'attente à certains personnages moins considérables, mais plus considérés que le commun des solliciteurs, et qui obtiennent des audiences dites *particulières*. Leur objet est toujours d'emporter une place ; on les fait asseoir et patienter dans cette salle de milieu, assez heureusement nommée : *Salle des pas perdus.*

Je me hâte de vous introduire dans une salle plus importante que toutes ces salles-là, dans une salle qui exerce une grande influence sur nos destinées et sur nos institutions ; vous la reconnaissez ; c'est la salle à manger. Quelle élégance, quelle grâce, quelle propreté ! Vous demandez ce que représente le plafond ? Jupiter donnant à dîner aux dieux de l'Olympe. Considérez ces buffets, ces armoires et leur capacité. Cette table vous semble énorme ? Ne voyez-vous pas qu'elle peut recevoir encore des allonges aux quatre côtés ? Elle est calculée sur la plus grande échelle : il faut qu'elle puisse tenir à l'aise, et les coudées franches, les présidens des colléges électoraux. A cette table, tous les intérêts doivent être représentés, ceux de la noblesse, du clergé, du tiers-état, et ceux de madame Chevet, qui appartient, je crois, à ce dernier ordre. Vous désirez savoir pourquoi cette multitude de portes devant lesquelles se prolongent des couloirs qui aboutissent à la salle à manger? L'une

est la porte du premier service, l'autre
la porte du second service, les troisième et quatrième, celles du dessert.
Cela s'exécute chez vous, madame, par
une seule porte; mais à votre table
tous les intérêts ne sont pas représentés : ceux de l'amitié y occupent seuls
l'espace et les fauteuils. Chez un ministre, le premier service est une affaire
d'administration, le second service une
affaire d'état, et le dessert une affaire
de haute politique. La cuisine n'a pas
moins d'importance que les bureaux ;
elle a ses directeurs généraux, ses
chefs, ses sous-chefs et ses employés,
qui n'ont ni moins d'orgueil, ni moins
de vanité que les commis, auxquels
même ils ne craignent pas d'emprunter
le vocabulaire administratif. On les surprend à dire qu'*ils sont de conseil*,
qu'ils ont *comité* : c'est tout simplement une réunion où il s'agit de déli-

bérer sur le choix du rôti. On a quelquefois entendu le chef d'office refuser une invitation en donnant pour excuse que c'était *son jour de travail avec le ministre* : ce qui veut dire tout bonnement qu'il prendra les ordres du secrétaire intime pour connaître le nombre des convives.

La salle de billard est annexe de la salle à manger. Un seul billard ne suffirait point à tant de digestions : il y en a deux, et l'espace est si vaste qu'aucune bedaine n'a à redouter une insulte de la queue d'un voisin. Une partie s'engage entre quelques diplomates : il est de mode, en ce moment, chez les ministres, de jouer la partie russe ; mais elle n'occupe que deux joueurs. Son Excellence observe que la grande majorité des députés demeure inoccupée : elle propose une poule qui est acceptée ; là, elle ménage la bille des députés dont

le vote n'est point encore acquis au projet de loi du lendemain, et a soin de
leur faire remarquer qu'elle préfère
cette partie à toute autre, attendu que
les boules de couleur fatiguent sa vue :
Son Excellence ne peut fixer ses regards
que sur des boules blanches.

Vous venez de parcourir le rez-de-
chaussée. Je vous épargne les écuries et
les remises, sous lesquelles on place
les équipages et quelquefois les ministres eux-mêmes. Je vous fais grâce des
cuisines et des caves, quoiqu'il me fût
facile de vous y faire admirer les rubi-
conds produits de la Gironde et de la
Côte-d'Or, et les coiffures goudronnées
de cette liqueur impétueuse que font
jaillir les pressoirs de la Champagne.
Je saute même à pieds-joints par dessus le jardin qui, comme vous l'apprendrez plus tard, est ordinairement
envahi par la femme du secrétaire gé-

néral. Les femmes des secrétaires généraux visent toujours à l'économie, et
elles contraignent le jardin ministériel
à produire le choux et la carotte. Un
secrétaire général doit être défrayé de
tout, même de légumes.

Le rez-de-chaussée que nous venons
d'apercevoir est destiné aux grandes audiences, aux grandes réceptions : c'est le
local officiel, celui qui consomme la plus
grande part des cent cinquante mille
francs de traitement du ministre. Mon-
tons au premier étage. C'est là que se
tiennent le plus ordinairement Son
Excellence et sa suite ; là de nombreuses
cloisons ont multiplié les appartemens.
Une grande moitié de ce premier étage
est exclusivement consacrée à ce que
j'appellerai le ménage du ministre :
cette moitié est occupée par sa femme,
ses enfans, par les femmes de chambre
et la nourrice. Les plafonds sont moins

élevés, les cheminées sont plus petites : on reprend là sa taille d'homme naturel ; on y dit même quelquefois ce qu'on pense. C'est là qu'il faudrait pouvoir se tenir blotti sous un canapé, pour entendre causer en tête-à-tête le mari et la femme. On se demande si on durera ? La réponse du ministre en bonnet de nuit serait payée bien cher par une foule d'aspirans.

L'autre moitié du premier étage est consacrée aux nécessités du travail et des affaires. C'est là que se tiennent habituellement les huissiers, vrais cerbères de Son Excellence. Le cabinet de travail du ministre est vaste, et l'on y voit déployés une multitude de cartes géographiques, d'états de situations, et de cahiers de papier tellière sur lesquels on lit : *Mémoire sur...*; *Rapport à Son Excellence*, etc. Tous ces papiers sont défendus de l'étourderie du plumeau matinal, par de petits marbres fiers de porter les bustes en miniature des princes et des princesses de la monarchie. Une petite porte perdue dans la tenture conduit au cabinet du secrétaire intime, qui est ordinairement flanqué de deux aides expéditionnaires. Son Excellence trouve là six bras tout prêts à préparer les dépêches d'un courrier extraordinaire. Ce cabinet sent toujours la cire à cacheter : une bougie y brûle continuellement en plein jour pour aider à clore des promotions, hélas ! et des destitutions.

Vous devez être fatiguée, et je ne vous contraindrai point à monter un troisième étage où logent le secrétaire intime, et les personnes attachées à Son Excellence et à madame. Vous ne verriez là que des sonnettes, bruyans témoins de la douce indépendance dont chacun jouit dans l'hôtel. Ces sonnettes

indiquent assez exactement l'humeur
de monseigneur et de sa femme. Lorsqu'il est ferme et assuré dans son poste,
les sonnettes tintent avec ordre et harmonie : elles produisent à l'oreille des
serviteurs attentifs une sorte de Sama-
ritaine ; mais si quelque crainte subite,
quelque élection redoutée, vient agiter
Son Excellence, toutes les sonnettes
partent à la fois, et, dans la confusion
de leurs aigres voix, chacun prévoit la
perte de sa place.

DEUXIÈME LETTRE

A MADAME....

Personnel ayant droit au logement gratuit.—Le secrétaire
général. — Sa fragilité. — On le loge. — A quoi il sert. —
Le Père Lachaise du ministère — Bureau des dépêches.
— Des dépenses intérieures. — Fournitures — Audace des
fournisseurs — La femme de ménage du ministère. — Logement du secrétaire général. — Chevaux du ministre. —
Voiture et jockey du secrétaire général. — Caissier du ministère. — A quoi bon. — Sa pérennité. — Considération
dont il jouit. — Prime de 25,000 fr. — Les trois paquets.
— Dialogue. — Logement du chef de bureau des dépenses
intérieures. — Éteignoir. — Papier d'état. — Logemens
d'abus. — Section du conseil d'état. — Ses attributions. —
Ses fauteuils de velours. — Petits compartimens des employés. — Grandes pièces des directeurs. — Importance des
directeurs. — La leçon d'éloquence.

Je vous ai fait parcourir le logement
du ministre. C'est peu : nous avons à

donner le gîte gratuit à une infinité de
personnes à sa suite; le secrétaire général et sa famille, le caissier du ministère, le chef du bureau des dépenses
intérieures, l'architecte, le menuisier,
le serrurier, le porteur d'eau, le cocher
qui voiture les dépêches à la grande
poste, et les bêtes de somme qui con-
courent à ces deux derniers services.
Ce personnel-là a eu droit, de tout
temps, au logement gratuit, c'est-à-
dire, à coucher sous le toit ministériel.
Quant aux employés, ils ne participent
à la faveur du logement que de neuf
heures du matin à quatre heures du
soir. Si, par hasard, ils passent la
nuit au ministère, c'est sur des mon-
ceaux de paperasses qu'ils reposent.
Dans ces cas, devenus fort rares depuis
la restauration, les commis prennent
pour oreiller le recueil des dernières
circulaires de Son Excellence, et sont

certains de dormir comme des bien-
heureux.

Un secrétaire général est une dé-
pendance immédiate du ministre ; un
ministre qui arrive a toujours son secrétaire général dans sa poche. C'est
assez vous dire que jamais secrétaire
général n'a survécu à son ministre ; il
est temporaire, éventuel comme Son
Excellence ; quand elle tombe , il
chute. Cela est de règle, et il me faudrait des efforts de mémoire extraor-
dinaires pour citer une exception. Vous
voyez qu'un fonctionnaire si essentiellement amovible doit être dédommagé
par tout ce que les places salariées
peuvent offrir d'avantages, et c'est bien
la moindre des choses qu'on loge le
secrétaire général, puisqu'il est à chaque instant exposé à déménager.

Vous me demanderez ce que c'est
qu'un secrétaire général ? Cette dési-.

gnation présente à l'esprit une sorte
de *factotum* qui tient la plume pour
tout; c'est précisément le contraire : le
secrétaire général ne tient la plume
pour rien; son métier est de contre-
signer. Par exemple, le ministre prend
un arrêté, fait une instruction, ou
adresse une circulaire à ses agens; il
signe ces documens. Eh bien! le secrétaire général atteste que la signature
apposée par le ministre, est en effet la
signature du ministre. Je me suis toujours demandé pourquoi on avait borné
là cette espèce de légalisation ; car vous
concevez que, si la signature du ministre a besoin d'être certifiée véritable, la
même nécessité semble se présenter
pour la signature du secrétaire général;
or, en considérant que ce dernier cer-
tificat aurait lui-même besoin d'être
certifié par un deuxième secrétaire général, il faut reconnaître qu'on a appli-

qué là le commencement d'un plan qui conduirait droit au système des infinis. Je suis étonné qu'on l'ait arrêté en si bon chemin, car il offrait le moyen le plus sûr, et le moins sujet à critique, de créer des sinécures : il était du moins conséquent dans toutes ses parties, avantage que n'ont pas tous les plans ministériels.

Le secrétaire général n'est cependant pas réduit à un complet état de nullité ; il a ordinairement dans ses attributions un bureau dit *des archives :* c'est, à parler nettement, le bureau *des vieux papiers,* où quelques commis remuent et entassent pêle-mêle les squelettes administratifs des précédens ministères. Ce sont des instructions tombées en désuétude, des projets avortés, des plans morts-nés, des règlemens privés de vie. Ce bureau est le Père Lachaise du ministère ; et, pour justifier la comparaison, les tristes inscriptions attachées aux poudreux cartons produisent aux regards l'effet des épitaphes que, d'ordinaire, la douleur grave sur les tombeaux. Là, il est impossible de retrouver ce qu'on cherche : la circulaire ou le dossier que vous redemandez à ces funèbres archives, sont sourds à vos cris, comme le parent ou l'ami que vos regrets redemandent vainement au marbre funéraire.

Il y a d'autres bureaux encore dans les attributions du secrétaire général : le bureau dit *des dépéches*, et celui des *dépenses intérieures*. Le bureau des dépêches, qui emploie des moyens d'exécution devenus fort à la mode, fait tout son travail avec des ciseaux : il se compose de trois lugubres commis armés de l'instrument des Parques, et sans cesse occupés à fendre, à ouvrir et enregistrer les lettres, les rapports et les pétitions adressés à Son Excellence. Chaque pièce reçoit un numéro d'ordre, est analysée et timbrée du titre du bureau où elle doit aller au travail; vous apprendrez ailleurs que c'est là un premier point de départ de désordre et de confusion. Ce bureau des dépêches est considéré comme une mécanique, une machine à vapeur. Le génie de MM. les directeurs estime que des ressorts suffiraient pour en faire marcher les rouages, aussi le composent-ils généralement d'une manière conforme à cette opinion. Qu'arrive-t-il ? qu'une réclamation de supplément d'habillement pour la troupe est envoyée au bureau du harnachement, et qu'une demande d'augmentation de traitement, va droit au bureau des fourrages. La dépêche est ainsi ballotée pendant quinze jours de bureaux en bureaux. Chaque chef la pousse et la

repousse comme le volant sur la ra-
quette; elle finit souvent par ne regarder personne que le temps, qui, dans
tous les ministères, est le meilleur et
le plus assidu des employés, et qui
amène toujours des solutions bien autrement éclairées que celles des ministres.

Mais c'est par le bureau *des dépenses
intérieures* que le secrétaire général
justifie de son utilité. Une réunion de
cinq à six cents personnes écrivant et
noircissant du papier, exige des fournitures de bureau, du papier, des registres, de l'encre, de la cire; il faut
chauffer ces douze cents pieds gelés;
il faut éclairer ces douze cents yeux; entretenir, renouveler le mobilier; habil-
ler les huissiers, les suisses, les concier-
ges, les portiers, les garçons de bureau,
les hommes de peine. Tout cela place
sous la main du secrétaire général une

somme de deux à trois cent mille francs,
dont il est le gérant unique et absolu.
C'est un petit budget particulier qu'il
doit dépenser paternellement, économi-
quement; il s'arrange donc, dans les
marchés qu'il passe, pour ne dépenser
que soixante-dix mille francs de bois,
vingt mille de bougies, cinquante mille
francs de meubles. Il est, comme vous le
voyez, obligé de marchander sur ces
articles, d'obtenir de petites réduc-
tions, et souvent de refuser les offres
séductrices où les fournisseurs cherchent à envelopper sa bonne foi; car
on a vu des fournisseurs avoir l'audace
de proposer à un secrétaire général une
remise de cinq francs par stère de bois;
d'autres essayer de composer avec lui
pour reprendre les bouts de bougies; des
tapissiers même oser apporter sur les
cheminées du secrétaire général des
pendules et des candelabres qu'il n'a-

2*

vait pas commandés. Vous vous faites,
Madame, une idée de l'accueil que reçoivent ces impudens fournisseurs?
La probité et la délicatesse du secrétaire général se soulèvent; il met violemment à la porte ces vils entrepre-
neurs, appelle à haute voix son garçon
de bureau pour les jeter dehors : on les
prendrait pour de pauvres diables qui
ont obtenu une audience.

J'ai entendu dire à de rudes travailleurs qui prennent racine dans les bureaux, qu'un secrétaire général était
l'eunuque d'un ministère : ils voulaient
par-là exprimer son inutilité. Ce que
je viens de vous exposer des occupations ordinaires du secrétaire général
vous fera rejeter bien loin cette opinion, et surtout cette expression toujours désobligeante. Aux petits soins,
aux détails d'intérieur qui s'attachent
à la personne du secrétaire général, il

me semblerait plus exact de l'appeler la *femme de ménage du ministère.* Au fait, c'est un emploi que je réclamerais pour votre sexe, qui est, on ne sait pourquoi, déshérité de toutes fonctions publiques. Vous vous en acquitteriez à merveille.

Je m'aperçois que j'ai parlé travail lorsque je ne devais vous entretenir encore que de logement; mais ce que j'ai dit vous fait assez voir qu'après le ministre, le meilleur local appartient de droit au secrétaire général. Ce local, sans être aussi vaste ni aussi somptueux que celui du ministre, ne laisse pas de sentir l'Excellence : il y a un peu de *monseigneur* dans les tentures, dans les tapis et dans les meubles. Pourtant les appartemens sont ordinairement à l'arrière-corps-de-logis ou au-dessus des écuries et des remises. Cette situation fournit au secrétaire général un inté-

ressant sujet d'entretien avec le ministre : c'est du secrétaire général que le
ministre apprend si ses chevaux se bat-
tent, s'ils sont exactement pansés et
conduits à l'abreuvoir. C'est là une
sorte d'inspection de cavalerie que le
secrétaire général fait chaque matin en
mettant le nez à la fenêtre. Il a, de
droit, dans ses attributions, le personnel des employés, et, comme amateur,
le personnel des cochers et des *grooms*.

Un fonctionnaire qui administre le
bois, la bougie, le mobilier, doit nécessairement être bien chauffé, bien
éclairé, et bien meublé. Aussi la table
est le seul service qui paraisse souffrir
chez un secrétaire général ; il dîne rarement bien quand il ne dîne pas avec
son ministre ; ce qui ne manque pas de
lui arriver quand il y a réception diplomatique ou législative : ce sont ses
jours de jeûne et de mortification. Le

secrétaire général s'en dédommage am-
plement par des indemnités, de petites
douceurs qui tiennent à sa position.
Par exemple, je vous ai dit que le service d'un aussi grand personnel exigeait
le concours de quelques chevaux de
service : ainsi, il y a toujours, dans
un ministère, deux chevaux ministériels au moins, c'est-à-dire, qui appartiennent au gouvernement. C'est celui
du porteur d'eau, et, de plus, le cheval qui va chercher et porter les dépêches à la grande poste. Le secrétaire
général est chargé de l'achat de ces re-
montes et de leur entretien. Il a soin
de les choisir telles par leur allure et
leur encolure, qu'elles puissent servir à
deux fins, et figurer également dans
le brancard de la charrette, ou dans le
brancard du cabriolet. Ce cabriolet est
tout trouvé : il n'y a même qu'à choisir.
Une demi-douzaine de chaises de poste

font toujours partie obligée du mobilier, pour emporter au besoin un courrier extraordinaire, un officier d'ordonnance ou un inspecteur. Aux jours
où le secrétaire général est exilé de la
table de Son Excellence, il fait atteler
le cheval des dépêches à la chaise de
poste du courrier extraordinaire, laquelle passe ce jour-là pour cabriolet;
un garçon de bureau se métamorphose
en jockey, et monsieur et madame
vont passer à Montmorency une journée administrative composée à la fois
de plaisirs payans et de voluptés gra-
tuites. Vous me souteniez que les secrétaires généraux avaient voiture, et
je prétendais le contraire : vous voyez
que nous avions tous deux raison.

Le logement de droit appartient à
un autre personnage dont la connais-
sance est utile à faire. Je veux parler du
caissier du ministère. Ici vos oreilles se

dressent, et vous me demandez à quoi bon un caissier du ministère, lorsqu'il existe un trésor royal qui doit tenir la clef de toutes les caisses? Cette demande, le gouvernement n'a pas négligé de se l'adresser. Comme vous, il a cru reconnaître là un abus, et il y a peu de temps qu'une ordonnance fort bien entendue, a prononcé la suppression de toutes ces caisses particulières ; mais c'était là une institution commode, accoutumée, dont l'usage est bien plus fort que les ordonnances ; aussi a-t-elle subsisté, subsiste-t-elle encore, et subsistera-t-elle toujours. On trouve donc un caissier particulier attaché à chaque ministère. Voici quelle est son utilité, ou, si vous l'aimez mieux, son emploi. Admettez que, sur le budget annuel, chaque ministre ait droit d'ordonnancement pour cent millions. Il y a là-dedans une foule de

dépenses qui veulent de la promptitude, du voisinage, qui en un mot ont
besoin d'être jouées *presto* et *subito*.
Il serait fort incommode, pour consommer cette nature de dépense-là, de
dresser une ordonnance applicable au
chapitre 1er. ou 20e. du budget général du ministère, de la remettre au ti-
tulaire, de l'envoyer au trésor qui a
ses formalités et ses délais. Payez donc
ainsi une gratification, une indemnité
extraordinaire! Soldez donc de cette
manière des dépenses secrètes ou im-
prévues! Cela serait fort gênant ou fort
incommode. Pour ces sortes de choses-
là, il faut avoir de l'argent sous la
main. Vous en sentez, vous, la nécessité dans votre ménage; irez-vous interroger la caisse de votre mari toutes
les fois que vous avez un fichu, une
robe à acheter, ou une fantaisie à sa-
tisfaire? Vous êtes même bien aise

quelquefois de tenir cela secret. Ce besoin que vous éprouvez, comment un ministre ne le sentirait-il pas? C'est à ce service que pourvoit le caissier particulier du ministère. A compte sur le budget annuel du département, il reçoit cinq cent mille francs ou un million, sur lequel Son Excellence peut tirer à vue ; il n'y a, pour prendre, que la cour à traverser : vous ne pouvez nier que cela ne soit commode. Il ne suffit pas d'avoir beaucoup d'argent , il faut pouvoir puiser à son aise et sans être obligé à des courses.

Il n'y a rien de plus solide au monde, de plus inamovible que ces places de caissiers des ministères. Les juges à vie sont plus chancelans sur leurs fauteuils que ces heureux trésoriers. En général les mains qui tiennent l'argent emportent avec elles quelque chose de cette considération, de ce respect dont

nous environnons les piles d'écus. Ces
caissiers ne sont, à vrai dire, que des
coffres; mais notre faiblesse en juge
autrement. Nous nous persuadons que
ce sont eux qui fabriquent l'argent qu'ils
nous comptent; nous nous rendons
d'un pas leste et léger au couloir qui
conduit à leur caisse; nos idées sont
riantes; elles éclairent, dans ce moment, tout ce qui se présente à nos
yeux, et leur premier reflet tombe sur
la grosse figure du caissier, qui nous
paraît dès-lors un homme rond, cou-
lant, bien pensant. C'est quelquefois
un butor ou un libéral tout comme un
autre; mais il nous compte des écus,
ce but suprême de tous nos efforts; il
assiste comme témoin actif à ce dénouement heureux et souhaité, et dans
les scènes de bonheur, aucun acteur
n'est suspect. L'instant du paiement est
celui de l'affection et de la clémence.

Ces sentimens vulgaires et inéclairés,
le ministre lui-même n'en est pas à
l'abri. L'ingénieux caissier le sait bien,
et il tire grand parti de cette prédispo-
sition. Un usage s'est établi que vous
ne connaissez pas, et que je dois vous
faire connaître. Tout ministre qui prend
un portefeuille reçoit une indemnité de
premier établissement. Cette indemnité est de 25,000 fr. Ceci vous rappel-
lera peut-être que les mêmes hommes
ont été ministres quatre ou cinq fois,
et vous en conclurez qu'ils ont dû recevoir 100 à 125 mille francs d'indemnité de premier établissement; vous
conclurez juste. C'est une prime qui
ne laisse pas d'allécher les aspirans au
ministère. Cela contribue à expliquer
cette ardeur qui pousse tant d'ambitions vers les portefeuilles. Cette prime
est dangereuse dans ce sens qu'un habile homme d'état pourrait faire métier

de la destitution; car s'il était assez
bien appris pour faire quatre ministères par mois, vous voyez qu'il se ferait un petit revenu de douze cent
mille francs, ce qui n'est pas rigoureu-
sement impossible : nous avons vu plusieurs ministères de huit jours.

C'est sur le paiement de cette prime
qu'un habile caissier particulier fonde
la viabilité de son emploi. Lorsqu'arrive un nouveau ministre, toutes les
chaises, tous les fauteuils tremblent sur
leurs quatre pieds : les funestes mots
d'*organisation*, d'*épuration*, retentissent dans les corridors, ébranlent les
paravents, les *entourages*, dessèchent
les encriers, émoussent les plumes; un
frisson général saisit les employés, et
cette fièvre n'est point sans raison. Le
caissier seul est ferme sur ses jambes;
il revêt l'habit noir, chausse l'escarpin
où brille la boucle d'or. D'une main

assurée, il ouvre sa caisse, en tire vingt-
cinq billets de banque de 1,000 fr.,
dont, selon la coutume, il forme trois
paquets qu'assemble une épingle :

1er. paquet. . . .	10,000 fr.
2e. paquet. . . .	10,000
3e. paquet. . . .	5,000
Total. . . .	25,000

Il place ces trois paquets, qui n'en
font plus qu'un, dans un élégant portefeuille rouge, à côté d'une quittance
préparée d'avance, et s'achemine, le
front serein, vers l'hôtel où vient de
descendre la nouvelle Excellence qui,
déjà, est entourée de quatre directeurs.
L'huissier reconnaît le trésorier : c'est
encore de sa main dorée qu'hier il a
reçu ses gages. « Annoncez-moi », dit
gravement le caissier. L'huissier sait
trop bien que ce visiteur ne sera pas
importun. Il ouvre hardiment la porte,

et s'écrie d'un ton de voix plus élevé qu'à l'ordinaire : *Le caissier du minis-tère !* O prodige ! Son Excellence, par un mouvement naturel, se lève avec autant de précipitation que si on lui annonçait l'ambassadeur de Russie. Sa physionomie devient riante, et elle fait deux pas au-devant du caissier. Celui-ci s'exprime laconiquement : « Je m'empresse de remettre à votre Excellence ces 25,000 fr. — Qu'est ceci ? — L'indemnité de premier établissement. — Je vous remercie, monsieur. — Me serait-il permis de profiter de cette occasion pour appeler sur moi la bienveillance de monseigneur ; je suis caissier depuis vingt-cinq ans. — Si cela dépend de moi, vous le serez vingt-cinq ans encore. » Voilà un gaillard sûr de son affaire, qui, pendant tout le mois d'incertitude et d'angoisse que durera la nouvelle organisation, publie l'affectueuse réponse du ministre, pour y donner ce caractère de solidité que les discours et les promesses empruntent de la notoriété. Après ce premier pas, le ministre ne donnerait pas même à son cousin la place de caissier. La reconnaissance est là qui parle plus haut que le sang ; elle est si souvent muette dans les cœurs des grands administrateurs, qu'il y faut applaudir dans cette occasion même.

Où voudriez-vous que logeât ce gracieux caissier, si ce n'était dans le ministère? La sûreté de la caisse exige qu'il y ait un appartement complet. A la faveur des mêmes considérations, il obtient du secrétaire général toutes les aises qu'il a le dessein de solliciter ; on attache à ses croisées des espagnolettes ; on tend ses murailles d'un papier neuf ; on perce une communication entre son bureau et sa chambre à cou-

cher; on prélève sur la cour vingt-
quatre toises de terrain qu'il change
en un petit Éden; enfin il obtient,
sous le prétexte du salut de la caisse,
de doubles portes qui le défendront,
lui et sa petite famille, du froid et de
la bise d'hiver.

Après le caissier, il faut pourvoir au
logement du chef du bureau des dépenses intérieures. Ce chef de bureau
est une miniature du secrétaire général : celui-là a, pour les fournisseurs,
des égards que n'a pas ou que ne doit
pas avoir son chef. Sa place est plus
amovible que celle du caissier; mais
lorsqu'il *entend* son bureau, il s'arrange de manière à ne point emporter
au tombeau les regrets d'une destitution. Le chef du bureau des dépenses
intérieures a ordinairement une tour-
nure d'esprit philosophique; lorsqu'on
le destitue, il prend gaîment sa canne

et son chapeau, et part en disant :
Chacun son tour. Ce chef crie, par
état, à l'économie, ce qui n'est pas mal
joué : il plaint le papier, les plumes et
l'encre; il va sans cesse soufflant les
chandelles, retirant des feux et des
poëles, les bûches que la main prodi-
gue du commis ou du garçon de bureau
y précipite. C'est un véritable éteignoir.
Puisque j'en suis sur ce chapitre, je
veux vous divertir de la lecture d'une
circulaire inventée et mise au jour par
un chef du bureau des dépenses intérieures. Cette pièce passe en originalité
et en sottise tout ce que l'imagination
la plus fantasque ou la plus bouffonne
se plairait à créer : je vous la donne
comme officielle. J'étais, lorsqu'elle pa-
rut, l'un des chefs de bureau à qui elle
fut adressée et, en la transcrivant, c'est
l'original que je copie. Je l'ai conservée
comme une pièce curieuse.

MINISTÈRE DE.......

Secrétariat général.
Bureau des dépenses
intérieures.

Paris, le 3 novembre 1817.

« Monsieur et cher collègue,

» Depuis le 1er. octobre, on fait du
» feu dans les bureaux. Les règlemens
» et l'usage voulaient cependant que les
» feux ne cómmençassent qu'au 1er. no-
» vembre ; mais la rigueur prématurée
» de la saison a dû, cette année, *les*
» *faire fléchir*; aussi *n'ai-je pas hésité*
» à faire donner du bois dans toutes les
» localités, dès que je me suis aperçu
» qu'il était difficile de s'y passer de
» feu.

» D'un autre côté, on ne peut se
» dissimuler que l'hiver qui s'annonce
» comme *devant être très-long*, ne
» puisse encore devenir très-rigoureux,

» et que, sous ce double rapport, il n'y
» ait lieu à une grande consommation
» de bois. Dix ans d'expérience m'ont
» convaincu cependant que cette con-
» sommation serait généralement beau-
» coup moins forte *si tous nos collabo-*
» *rateurs étaient raisonnables* ; mais la
» plupart oublient trop que le bois leur
» est donné *pour se chauffer*, et non
» pour en abuser.

» Vous savez en effet, comme moi,
» que les garçons de bureaux qui allu-
» ment les feux le matin, les entre-
» tiennent rarement : ce sont messieurs
» les employés qui se chargent de ce
» soin, et il en est peu malheureuse-
» ment qui le *remplissent avec une*
» *juste mesure.*

» Il est de mon devoir d'appeler
» toute votre attention sur un abus si
» préjudiciable *aux intérêts du mini-*
» *stère.* Aidez-moi, monsieur, à en at-

» ténuer les fâcheux effets. Donnez, *je*
» *vous en conjure*, les ordres les plus
» précis aux employés de votre bureau
» pour que les feux soient entretenus
» *avec cette modération que le mini-*
» *stère est en droit d'attendre d'hom-*
» *mes raisonnables et instruits*, et pour
» que ces feux soient toujours gradués
» en raison de l'intensité du froid. En
» faisant de fréquentes visites dans les
» localités que vous occupez, vour pour-
» rez vous assurer si on exécute vos or-
» dres, ou si on y contrevient.

» **Il** existe encore plusieurs autres *lé-*
» *gers abus* dans notre administration.
» Je ne puis me flatter de les faire dis-
» paraître tous ; mais secondé et sou-
» tenu par vous, monsieur, j'essaierai,
» *avec le temps*, d'en diminuer le nom-
» bre et de paralyser ceux qu'il me sera
» impossible d'empêcher : ces abus, au
» reste, sont peu importans.

» Mais il n'en est point ainsi de ce-
» lui que je signale à votre amour connu
» pour l'ordre et l'économie, puisqu'il
» constitue, par le fait, le ministère
» dans une dépense plus forte que
» celle qu'il supporterait réellement s'il
» n'existait pas.

» Agréez, monsieur et cher collègue,
» l'assurance de mes sentimens les plus
» distingués.

   » Le chef du bureau des dépenses
   » intérieures. »

Assurément, si l'on voulait citer un
exemple de l'abus des formes administratives, on n'en pourrait trouver de
plus remarquable. Ne grelottez-vous
pas, madame, à cette rigueur prématurée de la saison qui *fait fléchir les
règlemens ?* N'admirez-vous pas le
courage et l'audace de ce chef de

bureau qui *n'hésite point* à faire donner du bois dans toutes les localités? Avec quelle dignité il apprend à ses collègues que le bois est *destiné à les chauffer !* Avec quelle naïveté il leur dit qu'ils ne sont pas *raisonnables !* Sentez - vous tout ce qu'un pareil aveu a de précieux dans une bouche ministérielle ? Vous ne manquerez pas de noter cette phrase : *Entretenez les feux avec cette modération que le ministère est en droit d'attendre d'hommes raisonnables et instruits.* Celle - là, j'aurais voulu la retrouver dans des circulaires beaucoup plus récentes et infiniment plus célèbres. Convenez que l'accent d'une bien bonne volonté se fait remarquer dans toute cette lettre. Mes souvenirs s'arrêtent, malgré moi, sur cette phrase : *J'essaierai avec le temps,* etc. Cet *avec le temps* était une sorte d'encouragement que le pau-

vre chef de bureau donnait alors à la
peur qu'il avait d'une prochaine réforme. Comme Sosie, il chantait pour
se rassurer; mais cet *avec le temps,*
je me le rappelle, lui porta malheur.
Ainsi que moi, il fut mis à la porte.
Je n'eus pas le loisir de faire sur le
bois les économies qu'il recommandait,
et il n'eut pas la satisfaction d'étudier
les effets de sa circulaire. D'anciens
collègues m'en ont rendu compte : on
avait brûlé deux mille quatre-vingt- —
quatre stères et demi de bois l'hiver
précédent; on en consomma quatre
mille durant l'hiver de la circulaire :
précisément le double, tant ont de
force et de puissance les exhortations
économiques !

Je vous ai cité là un document que
e vous prie de regarder comme confi-
dentiel. Il pourrait bien être traité de
papier d'état si vous veniez à en faire

quelque bruit, et les conséquences,
vous les connaissez. Je me verrais exposé à des scellés, contre lesquels je
n'irais point chercher le secours de
M^e. Dupin. Si vous en parlez, dites
donc que je suis tout prêt à m'en des-
saisir d'office, ou sur la première réclamation qui me serait faite.

Après ces logemens de droit ou plutôt d'usage, il faut compter les logemens que j'appellerai *d'abus*. Le secrétaire général a un neveu, le caissier un
cousin, et le chef des dépenses intérieures un beau-frère. Les second et
troisième étages sont livrés en proie
au népotisme; tout l'art de la cloison
est employé à les diviser en petits appartemens, dont le nombre se mesure
sur celui des femmes et des marmots.
De vieux bureaux, hors de service, sont
brisés sous le maillet, et assemblés sous
la varlope du menuisier du ministère.

Le garde-meuble fournit quelques fauteuils rebutés des sous-chefs, mais assez solides encore pour porter le cousin du caissier ; enfin des tables, chancelantes comme celle de Philémon et Baucis, reprennent leur équilibre, grâce au marteau reconnaissant du tapissier de Son Excellence : elles se redressent miraculeusement, et retrouvent assez de force pour résister encore au double fardeau du rôt et de la bouteille de Bourgogne.

Mais nous avons un bien autre logement à faire, c'est celui qui est réservé au comité du conseil d'état. Chaque ministère emporte avec soi une section du conseil d'état : cette section se compose d'une demi-douzaine de conseillers, de deux ou trois maîtres des requêtes rapporteurs, et d'un vice-président. Ce comité s'assemble une ou deux fois par semaine : il est purement consultatif.

5*

Par exemple, un directeur ou un chef
de division font au ministre un rapport. Son Excellence ne le comprend
pas ; dans ces cas fréquens, elle met en
marge ces mots : *Renvoyé au comité
du conseil d'état*, et elle passe à d'autres soins. Le rapport est adressé par
le secrétaire général au conseiller d'é-
tat, vice-président de la section ; celui-
ci désigne un maître des requêtes rapporteur qui doit instruire l'affaire et la
présenter à la prochaine réunion du comité. Le maître des requêtes qui, après
avoir lu, ne sait pas toujours bien nettement ce dont il s'agit, va faire son éducation dans le bureau même où le rapport 'a été fabriqué. Là il cherche à
s'entendre avec le rédacteur ; l'un et
l'autre y mettent beaucoup de bonne
volonté. Le maître des requêtes prend
des notes, rédige un rapport sur le
rapport, et en donne lecture aux six

conseillers d'état assemblés. Chaque
conseiller émet un avis différent, d'où
l'on se flatte que jaillira la lumière.
Un secrétaire du comité cherche à faire
sortir de ces opinions diverses une sorte
d'unité d'opinion sur le fond, et prépare un *avis* qui est adressé au ministre. Son Excellence renvoie cet avis,
qu'elle n'a pas toujours le temps de lire,
au même bureau qui avait lancé le premier rapport, et il arrive souvent que
ce bureau persiste dans ses conclusions.
Mais ce dénouement n'offense nullement la section, qui, comme je vous
l'ai dit, est purement *consultative*. Elle
a donné son avis; elle est là pour l'é-
mettre, et des suites elle s'en lave les
mains. En cela, les bureaux sont à l'é-
gard du conseil d'état comme ces Léan-
dres de comédie qui cherchent, auprès
d'un oncle, des avis sur le mariage qu'ils
ont envie d'accomplir. *Je ne vous le*

conseille pas, répond l'oncle consulté. Léandre prend femme le lendemain.

A un comité de ce rang et de cette utilité il faut un local commode, spacieux et élégant. Il se compose de quatre à cinq grandes salles ; on y voit de vastes tables ovales recouvertes de tapis verts, chargées d'encriers de porcelaine et de papier tellière où on lit en lettres gravées : *Conseil d'état.* Ces tables sont entourées de fauteuils à dos de velours et à bras dorés : ces fauteuils sont ordinairement larges et tiennent du canapé. J'ai remarqué que les conseillers d'état sont en général très-gros, ce qui provient sans doute de ce que le ministère les choisit de préférence parmi ces hommes chez lesquels l'âge, qui a permis aux conseils et à l'expérience d'acquérir tout leur développement, a également laissé au ventre le temps de croître et de s'arrondir.

Pour compléter les logemens, il me reste à vous faire parcourir les grandes pièces où se tiennent les directeurs ; les pièces plus modestes où travaillent, isolés, les chefs de bureau et les sous-chefs ; enfin les petits compartimens où les employés sont attachés à leur chaîne de sept heures. Tout cela comprend ordinairement un personnel de cinq à six cents écrivains, calculateurs, rédacteurs ou copistes. Le terme moyen à établir entre ce nombre et celui des pièces occupées, est de trois travailleurs par pièce. Il y a donc dans un ministère deux cents pièces où l'on fabrique la circulaire, le rapport, etc. Ce bataillon de commis est commandé par une trentaine de chefs de bureau, et soixante ou quatre-vingts sous-chefs. Vous imaginez quel espace il faut à tout ce monde, et vous concevez combien un aspirant solliciteur est désorienté lorsqu'il

est jeté pour la première fois dans ces
enfilades de couloirs, de corridors, de
portes bâtardes ou dérobées, qui ne
présentent à ses regards que des routes
sans issues. A la vérité, chaque porte,
chaque détour reçoit des inscriptions
destinées à guider les pas timides du
néophyte; mais ces incriptions, en style
administratif, où sont détaillées les attributions de bureaux souvent créés par
la fantaisie, le caprice ou la faveur, ne
servent qu'à égarer le pétitionnaire :
l'audience dure deux heures, et elle
s'écoule avant qu'il ait pu découvrir la
porte à laquelle il doit frapper. On devrait dresser et vendre des cartes topo-
graphiques et descriptives de l'intérieur
des ministères.

Avant de vous introduire dans les
petites cellules des commis-rédacteurs
et des patiens expéditionnaires, je dois

us arrêter un moment dans les anti-
iambres et le cabinet de travail des
recteurs, et vous apprendre ce qu'est
i directeur. Avant la restauration nous
: connaissions que des *chefs de di-*
sion; depuis on a jugé à propos d'as-
mbler quatre chefs de division pour
i faire un directeur; il y a de trois à
iatre directeurs dans un ministère, de
le sorte qu'un directeur équivaut à peu
ès à un quart de ministre. Leur impor-
ace est donc beaucoup plus grande que
lle de nos anciens chefs de division :
r exemple, un directeur a 40,000 fr.
traitement, indépendamment de ses
tres places; il est défendu des impor-
aités par trois garçons de bureau au
ɔins, et on lui tolère l'huissier. Cette
lation, substituée à celle des chefs
division, tient aux soins nouveaux
aux occupations nouvelles que le

gouvernement représentatif a imposés
aux ministres. Il faut que Leurs Excellences donnent aujourd'hui aux discussions publiques et aux élections tout
le temps qu'elles consacraient au travail avec quinze chefs de division : elles
n'ont plus à recevoir que quatre directeurs, et ont ainsi reconquis trois heures
de temps sur quatre. Chaque ministre
les emploie à se préparer aux combats
de la tribune, à l'étude des systèmes
et des lois politiques, à la lecture des
grands orateurs. Il en est même qui,
dans le secret, ne dédaignent pas de
demander des conseils à Quintilien et
des inspirations à Cicéron. J'en ai connu un que les agressions de l'opposition avaient tellement intimidé, qu'il
crut devoir, à la faveur du plus profond mystère, recevoir des leçons d'un
maître d'éloquence. Toutes les mesures

furent prises pour que le précepteur ne
connût point l'illustre élève qu'il devait former. A six heures du matin,
le ministre montait dans une petite
mansarde au quatrième étage, et, sous
l'humble redingote d'étudiant, accueil-
lait son maître avec des égards qu'aurait enviés un préfet. Son Excellence
ayant déjà fait ses humanités, le professeur l'avait mise sur - le - champ au
Quintilien ; elle avait déjà traduit le
chapitre intitulé *qualitas oratoris* ; elle
avait mis en assez bon français le titre
de amplificatione, s'était résignée à
expliquer tout du long le chapitre 2,
du IIe. livre, *vir bonus ut esse debeat
orator* (la nécessité pour l'orateur d'ê-
tre homme de bien), et elle touchait
au chapitre 7, *de legibus contrariis*,
lorsqu'arriva une ordonnance qui lui
enlevait son portefeuille, en lui confé-
rant le titre de ministre d'état. Elle

abandonna le portefeuille et ses classes,
et se console philosophiquement aujourd'hui de son ignorance, en disant
que son éducation a été manquée par
ordonnance royale.

« Son Excellence ayant déjà fait ses humanités, le professeur
« l'avait mise sur-le-champ au Quintilien.... »

TROISIÈME LETTRE

A MADAME.....

Anciens chefs de division. — Excellens ouvriers. — Voilà ma créature ! — Prix de mémoire. — Tout a changé. — Portraits. — Fauteuil tournant. — Trait d'instinct mémorable de la jument Cocotte. — Administration à l'aqua-tinta. — Puissance des chiffres. — Directeur bègue. — Employés constructeurs. — Dévouemens de 1200 francs et de 8000 francs. — Discordance entre le mérite et les appointemens — Équilibre rétabli.—Commis négocians.—Commis professeurs. — Commis musiciens.

Les quatre ou cinq directeurs qui, sous un ministre, conduisent aujourd'hui un ministère, sont des personnages dont les portraits ressemblans ne dépareraient point une galerie. Ces directeurs n'ont plus, comme je vous l'ai dit, aucune analogie avec les anciens chefs de division. Ceux-ci étaient ce qu'on appelle en style de bureau des *cogneurs*, ils faisaient et refaisaient des rapports; ils mettaient la main aux états de situation; ils écrivaient des lettres itératives aux préfets indolens; ils savaient, au besoin, interroger les cartons, ouvrir les dossiers, pour assembler des résultats, et en faire jaillir des vues ou des propositions qu'ils développaient dans des mémoires rédigés par eux-mêmes. Ces chefs de division étaient la pièce essentielle, la principale roue d'engrenage de la machine administrative : ils recevaient, en premier ordre, la force motrice et la communiquaient à toutes les parties. L'utilité de ces excellens ouvriers était bien connue du chef du gouvernement. Son impatience de savoir, ses questions soudaines, directes et positives, changeaient en une torture les jours de travail de ses ministres. Avant de monter en voiture, ils se chargeaient de renseignemens, de notes et de chiffres; ils empruntaient le secours de petits calepins, de petits agendas, où la prévoyance la plus ingénieuse inscrivait succinctement des réponses à toutes les questions possibles. Ces pauvres ministres apprenaient cela par cœur, le matin, le soir; c'étaient leurs racines grecques; mais le malheur voulait souvent que, forts sur la leçon de la veille, ils fussent questionnés sur celle du lendemain. Ils restaient courts.

Parmi ces chefs de division, se trouvaient souvent des hommes distingués, dont de bonnes études avaient préparé les esprits à tous les genres de succès. Jetés, par les circonstances, dans l'administration, qui offre de fréquens moyens de faire ressortir les

avantages d'un bon jugement, d'une rédaction prompte, lucide et concluante,
d'une discussion serrée et analytique,
ceux-là ne tardaient pas à être remar-
qués par Napoléon; ils étaient appelés
près de lui toutes les fois que le ministre répondait de travers. Lorsque le
chef de division satisfaisait couramment
et sans hésitation aux vives interroga-
tions de Napoléon, il revenait ordinairement des Tuileries avec le ruban de la
légion-d'honneur ou la dignité de conseiller d'État. C'était là, madame, un
des dédommagemens de ce règne de fer :
quand un homme avait du talent, chef,
sous-chef ou commis, dans quelque
rang obscur que la fortune l'eût placé,
Napoléon, de son bras herculéen, le
saisissait par les cheveux, le posait sur
un piédestal, et disait : *Voilà ma
créature.*

Cette disposition de Napoléon à

élever le talent qui languissait dans les bureaux, fut un jour bien voisine de tomber à faux. Le trait est assez comique pour être rapporté.

Si nous comptions quelques sujets de mérite parmi nos chefs de division, vous devez bien penser que le destin capricieux ne nous épargnait pas non plus ce qu'on appelle très-communément les *ganaches*. Mais il est de ces ganaches qui ont leur talent propre, leur aptitude spéciale, et que souvent un homme supérieur suppléerait mal dans la partie technique qu'elles ont l'habitude de pratiquer.

M. X. était chef de division, sous le ministère du duc de F. Ce M. X., homme de cinquante ans environ, était honnête et grand travailleur; mais son travail se bornait à recevoir, de tous les points de l'Europe et de la France, des états de situation qu'il dépouillait, dans la vue d'établir combien de soldats étaient présens sous les armes, combien en congé, combien aux hôpitaux. Cette occupation constante avait fait de M. X. une mécanique à additions ; il additionnait ses bataillons au bureau, dans la rue, à table, au lit ; ses rêves et ses cauchemars redemandaient, à sa femme épouvantée, une compagnie égarée, une escouade perdue ; il mêlait ses chiffres et ses colonnes à ses communications même d'amitié ou de simple politesse, et vous aurait volontiers incorporé pour porter au grand complet le régiment où il lui manquait un homme. M. X. avait en outre la mémoire des lieux où était situé chaque corps de troupes : sa tête était un véritable *livret d'emplacement*.

Le développement de l'un de ces vastes projets qui ébranlaient le monde conduisant Napoléon à jeter les bases d'une nouvelle organisation militaire, il travailla pendant plusieurs jours avec le duc de F., homme d'un sens droit, d'une raison éclairée, mais dont la mémoire n'avait rien de comparable à celle de M. X., qui était, dans ce genre-là, une espèce de Lemazurier. Les séances commençaient à devenir laborieuses pour le duc de F., attendu que Napoléon demandait incessamment où était le dépôt du 45e., du 54e., du 108e., et que le pauvre duc, à chaque nouvelle question, feuilletait, tournait, et retournait l'énorme dictionnaire dont l'avait chargé M. X. « Je crois, dit avec timidité le duc harassé, que la présence de M. X., chef de la division du mouvement des troupes, pourrait être ici utile à Votre Majesté. — Faites-le venir. »

A ces mots, un officier d'ordonnance

part, arrive au ministère, emballe le pauvre M. X., l'amène aux Tuileries, et le lance dans le cabinet de Napoléon. Toute autre mémoire que celle de M. X. eût été troublée de ce mouvement et de cette présentation ; rien ne pouvait altérer la sienne. « Bonjour, monsieur ; où sont les trois premiers bataillons du 48e. ?—A Ratisbonne.—Le quatrième ?—A Ancone, armée d'Italie.—Le cinquième ?—A Vittoria, 4e. corps de l'armée d'Espagne.—Et son dépôt ?—Ostende.—Présens sous les armes ? — 3,455. — Hôpitaux ?—223.—Les congés ?—44.—Détachés ?—Deux compagnies du cinquième.—Aux eaux ?—3. »

A ce dialogue, dont l'épreuve s'étendit immédiatement à plusieurs corps, avec la même rapidité dans les questions, et le même aplomb dans les répliques, Napoléon reste frappé d'éton-

nement. Il tire à part le duc de F.
« Vous avez-là, lui dit-il, un homme
extraordinaire. » Puis, se tournant vers
M. X. : « Vous pouvez vous retirer ; vous
aurez de mes nouvelles. Monsieur le duc
de F., reprend alors Napoléon, vous
me proposerez demain M. X. pour la
place de conseiller d'État. — Je prie
Votre Majesté de me permettre de lui
faire observer que cela n'est point possible. — Comment? — M. X. n'a que
des chiffres dans la tête; il ne saurait
pas rédiger un rapport. Pour être
conseiller d'État.... — Eh bien donc !
je lui en fais le traitement. » Le bon
M. X. avait douze mille francs d'appointemens comme chef de division ;
cette séance lui en valut vingt-quatre
mille.

Ces scènes étaient fréquentes aux
temps où tous les bras ne suffisaient
point au travail et à l'activité qu'exi-

geaient les colossales entreprises du
gouvernement. Tout a changé : les
états, les carrières et les emplois présentent encore de l'espace ; mais leurs
limites, plus resserrées, sont aperçues
de tous les yeux. C'est par la constance,
la tenue, l'esprit de conduite, la diplomatie ou la ruse qu'on demeure en
place, ou qu'on avance. Quant au travail, il est maintenant de protocole :
sauf les anomalies qu'y introduisent la
faveur et les protections, il se reproduit
chaque année, aussi immuable, aussi
invariable que le budget. Cette uniformité embarrasse les petites ambitions
des directeurs qui ont succédé aux anciens chefs de division. Ces ambitions
sont d'autant plus comiques que, prenant sans cesse leur élan, pour sauter
bien haut, on les voit contraintes à virer sur elles-mêmes, et à retomber dans
leurs cartons.

Avant de mettre en action l'immense personnel du ministère, je vous retracerai les portraits de quelques directeurs. Ceux que j'ai connus ont changé, sans doute; mais il faudrait avoir bien du malheur pour que les successeurs ne leur ressemblassent pas un peu.

D'ici j'en aperçois encore deux qui, de tout temps et sous toutes les dénominations nouvelles qu'engendraient les organisations successives, avaient eu une grande part à la direction des affaires. Les ministres tombaient devant eux, sans qu'ils en éprouvassent le moindre choc; ils s'écriaient : *Encore un !* et marchaient droit au travail vers la nouvelle Excellence qui, de prime-abord, les regardait comme des bâtimens du ministère; ils en avaient, à vrai dire, la constitution et la soli-

dité. Tous deux étaient gros et gras, et
plus embarrassés de leur ventre, qui
chaque jour prenait du développement,
que du salut de l'État qui ne les occupait guère qu'aux heures de séance. Le
plus gros des deux était, par compen-
sation, celui qui avait l'esprit le plus
délié ; mais il était tellement gêné par sa
bedaine qu'il aurait volontiers, je crois,
troqué un peu de son esprit contre une
réduction de surface. Dans les bureaux,
les attentions s'occupent souvent de ba-
gatelles. Ce directeur, pour se mouvoir
à l'aise, avait imaginé de faire fabri-
quer aux frais de l'État un large fauteuil tournant ; ce fauteuil était monté
sur pivot. La manœuvre de ce meuble
était curieuse à observer aux jours d'audience. Trois personnes étaient-elles
admises chez le directeur? par un seul
petit mouvement de droite, il était en
face de l'une ; par un mouvement de

gauche, il se retournait vers l'autre;
enfin, sans sortir de son mouvant fauteuil, il se trouvait constamment en
regard de tous et de chacun, soit que
la personne qui lui parlait fût au nord,
au midi, au couchant ou à l'est. Des
esprits malins n'ont pas manqué d'attribuer à la vertu tournante de ce fauteuil la durée bureaucratique du gros
directeur : quelle que fût en effet la mobilité des changemens d'opinion, il se
plaçait parallèlement aux divers systèmes politiques avec une rare prestesse.
Je gagerais qu'aujourd'hui il est en face
de la septennalité, et le fait est que je
l'ai vu nez à nez avec l'ordonnance du
5 septembre.

Mes observations se sont long-temps
arrêtées sur un autre directeur, M. Z.,
que l'esprit d'intrigue avait seul élevé
à cet emploi. Celui là était mince,
fluet et audacieux. C'était autour du

trône usurpé de Westphalie que s'était élevée son enfance administrative. Refoulé à Paris, et y portant la vague espérance de ressaisir, selon les ordonnances, le grade immédiatement inférieur à celui qu'il avait occupé à Cassel, il arriva avec ses besicles, sa physionomie aiguë, ses longues jambes, et son grand nez flairant aux portes de tous les ministères. Il touchait du piano comme le jeune Litz; son genre de talent musical s'était tourné plus particulièrement vers la contredanse; il la jouait admirablement. Quand ses doigts légers avaient effleuré les touches, bon gré, mal gré, il fallait que tout le monde dansât; les plus graves s'y laissaient entraîner. Je me souviens très-bien d'avoir vu, aux accens de son piano, un maréchal consentir à faire la poule, et un pair de France le moulinet. A ce talent, qui ne conduit à rien comme artiste, mais qui est capable de porter un amateur aux plus hauts emplois, le jeune ambitieux joignait une certaine facilité pour enfiler des phrases et les répandre sur du papier; mais cette déplorable facilité était celle qu'on retrouve, dans le cours de la vie administrative, chez beaucoup d'individus, facilité qui consiste à dresser en quelques heures un mémoire, un rapport, au moyen de ces locutions : *Il faut prendre en grande considération... Je dois faire observer... Dans ce cas il n'y a pas lieu à.... En résumé.... En définitive*, etc. Tout cela marié par des *car*, des *si*, des *mais*, des *cependant* et des *toutefois*, fournissait en une minute d'interminables pages à cet aspirant-directeur. Cette manière, très-commune parmi quelques petits génies bureaucratiques qui la prennent pour du talent, est une véritable maladie de rédaction que nous devons nous empresser de caractériser, et que je vous demande la permission d'appeler la *courante* du style.

D'une diction virtuellement attaquée de cette maladie, notre musicien imagina de lancer dans le monde administratif un in-8°. qui se termine, je crois, par une allégorie où il comparait l'administration à une maison, et les administrateurs à des maçons; mais cela ne fit pas qu'on lui dit : *Soyez-le plutôt, si c'est votre talent.* Tout au contraire, on lui conféra ici le grade qu'il avait eu en pays étranger, et il eut part aux conseils d'un ministre. C'était peu : il voulut avoir part aux conseils du Roi, c'est-à-dire, devenir maître des requêtes. Cette ambition a été un moment endémique; elle n'a été ni moins forte ni moins répandue que

ne le fut naguère la manie de devenir
auditeur. M. Z., qui considérait la
maîtrise des requêtes comme le mar-
chepied des plus hauts emplois, mit
en œuvre tous les moyens d'y arriver;
je n'arrêterai votre attention que sur
un seul de ceux qu'il employa, parce
qu'il fut suivi d'un fait assez plaisant.

M. Z. assiégeait tous les soirs le
palais de monseigneur le garde-des-
sceaux. Comme il avait calculé que ses
sollicitations pourraient avoir une durée de six mois, il fit les frais d'un
cheval et d'un cabriolet. A neuf heures
précises du soir, Baptiste, sans qu'il
fût besoin de le lui dire, attelait Cocotte au frêle wiski. M. Z. s'y élançait
et poussait sa jument droit vers la place
Vendôme, au ministère de la justice.
Après quelques mois de ce manége,
Cocotte contracta une telle habitude de
la route, qu'elle finit par partir et tou-

cher le but, sans que le fouet eût besoin de lui donner la moindre émulation, ni les guides le plus léger conseil;
sa docilité devint si grande, que M. Z.
disait tout haut qu'aucun coursier n'é-
tait comparable au sien : il ne l'aurait
pas donné pour mille écus. Cocotte et
M. Z. firent tant des pieds et des
mains, que celui-ci fut enfin nommé
maître des requêtes. Il tenta dès-lors
de tourner ses démarches ailleurs qu'à
la place Vendôme, mais, à la première
sortie, qui devait le conduire au quai
Voltaire, Cocotte l'entraîne, comme de
coutume, au ministère de la justice ;
vainement il la fouette, il essaie de la
retenir de la guide droite, de la guide
gauche : il est enlevé jusqu'au pied du
grand escalier de monseigneur le garde-
des-sceaux, où Cocotte s'arrête court.
M. Z. traite cet événement de vertige,
et tente le lendemain une autre course :

il est encore emporté au ministère de la justice. Après plusieurs essais non moins malheureux, il fallut reconnaître que Cocotte ne pouvait plus être employée à d'autre service que celui de la place Vendôme : l'infortunée fut traitée de rétive ; peut-être n'était-elle que reconnaissante ; mais comme tout réussissait à M. Z., il eut le bonheur de céder, peu de temps après, sa jument à un magistrat qui sollicitait une place de procureur du Roi, et auquel il fit comprendre que, dans sa situation, Cocotte était un moyen de succès.

J'ai connu un directeur dont le talent avait quelque analogie avec celui de M. Z. Il était plus original. Sa maxime était celle-ci : Pour avancer, il faut plaire au ministre. Or, il avait remarqué que le ministre sous lequel il servait, aimait passionnément les dessins et les tableaux. Le directeur ima-

gina de faire son bureau à coups de
crayon, ses rapports en lithographie,
et ses circulaires à l'*aqua-tinta*. Toutes
les idées administratives, il les tradui-
sait en objets qui parlaient aux yeux :
ainsi il représentait l'ensemble du budget par une grande maison entre cour
et jardin ; il inscrivait dans la cour le
chiffre affecté aux dépenses de l'armée
d'occupation ; dans le jardin, le chiffre
attribué à la marine ; il figurait le port
de Brest par un bassin, et celui de Toulon par un jet d'eau. Il plaçait les dépenses du culte au premier étage, celles
de la guerre et de l'intérieur au second
et au troisième, celles des finances à
la cuisine, et les dépenses secrètes dans
les caves. Je l'ai vu réussir à faire des
croquis ingénieux ; la plupart étaient
ridicules. Son cabinet était un mu-
séum de grotesques, où les préfectures
et les justices de paix avaient figures

humaines. Pour avancer sous un pareil
directeur, il fallait que l'expéditionnaire fût en état de dessiner d'après la
bosse, que le commis entendît le pay-
sage, et que le sous-chef eût remporté
le grand prix qui conduit à Rome.

Nous avons vu faire un chemin rapide à un petit personnage disgracié
de la nature, et si sauvagement laid,
qu'elle semblait ne l'avoir appelé qu'aux
fonctions de Croquemitaine; il est pourtant arrivé à celle de directeur. M. A.,
plus hideux que le fameux Roque-
laure, était taillé, pour tout ce qui se
rapporte aux aptitudes morales, sur ce
moule de médiocrité qui donne une
idée du néant. C'était un être entièrement inaperçu des supérieurs dans toutes les minimes ou grandes exigeances
que leur suscite le mouvement des affaires. Avaient-ils à demander deux
lignes de rédaction, à faire donner un

ordre, ils passaient devant M. A. comme
devant une table, et ne le dérangeaient
que pour ne pas se heurter. Aussi M. A.
avait-il long-temps traîné dans les éta-
pes et les convois militaires sa nullité administrative, lorsque le grand
naufrage de l'empire le jeta dans le
plus humble des coins d'un ministère. Cette tête, qui insultait à toutes
les règles du beau, conçut que l'arithmétique en avait quatre qui étaient
bien autrement certaines. Illuminé par
une inspiration soudaine, il vint à comprendre que, sous ce nouveau régime,
le budget était le régulateur de toutes
choses ; fort de cette sorte d'éloigne-
ment que la plupart des hommes éprou-
vent pour l'aridité des chiffres, et de
cette erreur de jugement qui les porte
à préférer de vagues et brillantes géné-
ralités, aux froides, mais mathémati-
ques certitudes que produisent les re-

cherches numériques. M. A., trouvant
ce terrain libre, se mit à dresser des
états, à ouvrir des colonnes et, dans
l'arithmétique trop positive des dépenses de l'année précédente, à prévoir
l'avenir des dépenses de l'année qui
s'ouvrait. C'était l'affaire de règles de
proportion et de société que l'enseigne-
ment mutuel met aujourd'hui gratis à
la portée de l'apothicaire et de l'épicier-
droguiste. Un ministre demeura tout
ébahi, de trouver un jour, sous sa main,
un petit homme laid qui était en état
de lui dire, non moins couramment
que Barême : « Si vous faites cette dis-
» position pendant trois mois, elle vous
» coûtera dix millions; donc, vous n'en
» dépenserez que cinq si vous la limitez
» à quarante-cinq jours. » Les raison-
nemens que M. A. étala dans ce genre-
là, parurent d'une certitude, d'une
irrévocabilité à laquelle on était peu

accoutumé. M. A. devint, en moins de
quelque temps, une providence du budget, et franchit tous les grades avec la
même agilité qu'un singe met à esca-
lader les échelons d'une échelle. Je ne
sais jusqu'où le portera son ballon administratif, qui est l'un des mieux gon-
flés que je connaisse. La science de
M. A., renfermée dans la série des chiffres de 1 à 9, perce chez lui par toutes
les issues : s'il parle, sa voix a de l'é-
tendue, sa phrase a du nombre; il se
met en campagne avec des proportions,
combat avec des unités, et triomphe
avec une fraction. Il est aujourd'hui
une puissance élevée au carré, et ses
moyens réels l'appelaient à n'être qu'un
zéro.

Vous voyez, Madame, que les for-
tunes bureaucratiques tiennent à bien
peu de chose : un rien vous met en faveur, mais il ne faut aussi qu'une baga-

telle pour vous faire tomber en disgrâce,
et cette réflexion me rappelle une af-
freuse, mais fort originale iniquité,
dont un directeur, jusqu'alors bien con-
solidé, pensa être la victime.

Un ministre venait de prendre un
portefeuille qu'il ne devait, hélas! con-
server qu'une semaine : c'était tout ce
qu'il en fallait pour travailler une seule
fois avec chacun des directeurs. A peine
installé dans son fauteuil d'Excellence,
des bruits sinistres et trop fondés se
répandaient sur sa retraite, cela, à tel
point, qu'on ne savait déjà plus s'il
était ou n'était pas ministre. Lui seul
conservait cette douce espérance qu'il
n'appartient qu'à une ordonnance royale
de dissiper. Arrive le tour de travail
de M. G., homme fort capable, d'une
probité à toute épreuve, et d'une rare
civilité. Il avait fort malencontreuse-
ment une infirmité très-prononcée :

c'était un bégaiement dont n'auraient point triomphé les cailloux de Démosthènes. Il se présente chez le ministre chancelant, et, selon sa coutume, l'aborde ainsi : *Je prie votre Ex.... Excellence de vouloir bien signer....* Dans cette involontaire expression *d'Ex.... Excellence*, la mauvaise humeur du ministre s'obstine à voir une épigramme fâcheusement confirmative de ses craintes, et invite M. G. à quitter la place. On eut toutes les peines du monde à garantir M. G. des suites de cet événement. Heureusement il eut l'idée de faire présenter ses excuses par son médecin, qui certifia que M. G. était bègue de naissance. Ah ! Madame, que les emplois dans les ministères sont fragiles ! On les perd faute de ne pouvoir parler, et quelquefois aussi pour parler trop couramment.

Ces têtes de directeurs, étant les plus

élevées, sont aussi celles que, dans les
changemens de systèmes, le sabre de
la réforme tranche les premières. Les
chances de durée s'augmentent, au
contraire, à mesure que l'on descend
dans les grades inférieurs : aussi le pauvre surnuméraire est-il certain de gar-
der sa place. Pourtant la foule des commis vit dans la foi qu'elle est à peu près
à l'abri des vicissitudes ministérielles.
Il faut voir comme, dans cette confiance, chacun s'applique à se créer un
gîte commode pour les huit heures de
séance qu'il passe en face de son bureau ! Humble locataire d'un espace de
six pieds carrés, le commis emploie
tout ce qu'il a d'invention à se défendre
des vents coulis et des battemens d'une
porte que l'importunité fait mouvoir.
Sous ses doigts, le papier s'épaissit en
carton pour construire de petites cloisons qui défendront de la bise le pied

ou la jambe qu'elle insulte. L'almanach
de l'année expirée, devient un bouclier
contre le soleil de midi. Un paravent,
savamment contourné, parvient quelquefois à diviser l'étroit espace de six
pieds carrés, en une antichambre, un
salon de réception et un cabinet de travail. Des débris de circulaires et de la
colle à bouche, tels sont les matériaux
simples et peu coûteux que le commis
emploie pour ajouter à sa cellule de petits édifices : il en élève un à sa flûte du
matin ; son mouchoir, sa tabatière ont
des appartemens distincts qu'il a laborieusement bâtis ; à l'aide d'une douzaine de vieux rapports et de quelques
épingles, il réussit à creuser une cave
à son carafon d'osier ; avec une bûche,
que façonne lentement le couteau du
déjeuner, il suspend autour de lui des
champignons où pendent, sur des lignes régulières, sa redingote, son pa-

rapluie, sa canne et son chapeau. Le
commis qui a dix ans d'exercice devient
forcément architecte; s'il n'a le génie
de Perrault, il a du moins l'instinct du
castor; il est essentiellement construc-
teur, et participe en cela de la manie
du jour. J'ai même été surpris quelquefois que les ministres qui font bâtir,
n'essayassent point, dans le développement de leurs projets d'économie, de
tirer parti de cette aptitude des vieux
commis, plutôt que d'en faire des Saint-
Barthélemi qui les précipitent dans les
tombeaux de la retraite ou de la réforme.

Les commis, en fait de genres, d'espèces, de variétés et sous-variétés, four-
niraient plus de divisions que la bota-
nique. Ils sont ou célibataires, ou veufs,
ou mariés; il en est de bien portans et
beaucoup d'infirmes; on en voit qui
ont à peine dix-huit ans; d'autres qui

en comptent soixante et quinze ; ils sont
venus au ministère de toutes les sources :
de Versailles, de la fédération, de 93, du
directoire, du 18 brumaire, de l'empire,
de la restauration, du 2ᵉ. empire, et enfin de Gand. Vous voyez qu'il est impossible d'assembler plus de nuances diverses sur une même étoffe. Des ministres, petits esprits, ont tenté, par des
épurations, de ramener tout ce personnel à une seule couleur : ces grands
hommes d'état ont frappé à faux : ils
ont congédié ce qu'il y avait de mieux,
et ce qui aurait rendu les plus grands
services. Rien n'est moins important
que l'opinion des commis. Le meilleur
système politique est, à leurs yeux,
celui sous lequel les appointemens sont
servis avec le plus d'exactitude. L'expéditionnaire a du dévouement pour
douze cents francs, et le chef de bureau
pour huit mille. Beaucoup ont à sou-

tenir des femmes et des enfans qui ne leur laissent guère le temps de méditer les doctrines du *Contrat social* ; ils sont nés pour écrire sous tous les ministres, comme les violons de l'Opéra pour faire des dessus sous tous les régimes. On ne s'est point encore avisé d'exiger des Guarnérius et des Stradivarius qu'ils fussent royalistes : tout ce qu'on doit vouloir de ces instrumens, c'est qu'ils donnent du son, et d'un commis qu'il produise des circulaires.

Une trop grande inégalité se fait remarquer dans les traitemens de ces malheureux commis, et cela s'explique fort naturellement. Dans les bureaux, l'avancement marche au gré du caprice : il n'est poussé que par le vent de la faveur, de la circonstance et de la protection ; un sot est porté à mille écus à la barbe d'un garçon de talent pour qui le chiffre 1500 est depuis dix ans

immuable; un fat, habile à bien nouer
sa cravate, reçoit la gratification qui
appartient à son voisin. La complaisance, la flatterie, les petits soins se
partagent souvent les augmentations
acquises au travail, à l'intelligence et
à l'assiduité. Il arrive de là que l'état
des appointemens, mis en regard des
services rendus et des capacités respec-
tives, donne les contre-sens et les bar-
barismes les plus épouvantables. Quelquefois un ministre arrive qui, plus
philanthrope que ses prédécesseurs, se
fait rendre un compte exact des traitemens et des individus auxquels ils
sont acquis, et, d'une main sévère et
équitable, ôte hardiment aux uns pour
rendre aux autres. C'est là une révolution rare, du genre des éclipses totales,
mais que l'on voit pourtant quelquefois.
J'ai été témoin d'un de ces boulever-
semens, opérés, d'un trait de plume,

par le duc de D.. A deux heures du matin il fit appeler le chef de bureau des dépenses intérieures qui l'avait pressé d'ordonnancer les états d'appointemens. « Qu'est cela? lui dit-il. On donne ici tout à la tête et rien à la queue? » Durant son ministère cette pauvre petite queue redevint quelque peu touffue. Je fais des vœux pour qu'on ne l'ait point réécorchée, et qu'elle ne soit pas pelée plus que jamais.

Ces inégalités dans les traitemens obligent les commis à se créer des industries extérieures. Ces pauvres diables, dont toute la personne fait à peine un homme, sont forcés d'y en trouver deux, dont l'une est le commis, et l'autre exerce un état différent. Beaucoup imaginent de donner des leçons; quelques-uns forment un petit établissement de mercerie ou de nouveautés, qui réclame souvent leur présence. Plusieurs vendent du vin, et Dieu sait quel vin! La plupart enfin sont attachés à des orchestres, et se divisent entre le Grand-Opéra, le théâtre Feydeau, le Gymnase et le Vaudeville. Vous concevez ce que ces doubles positions ont de pénible. J'ai vu de ces commis-professeurs, qu'une phrase du *De viris illustribus* avait trop long-temps enchaînés dans un pensionnat de la rue de Clichy, arriver tout en nage dans la rue de Grenelle-Saint-Germain, au moment où le soleil occupait le point le plus élevé de sa course. Le chef de bureau avait, dès dix heures du matin, noté leur trop longue absence. Prétexte de maladie, de décès d'un ami, d'un parent, rien ne pouvait les excuser. C'en était fait : l'avidité de l'humble cachet de trente sous avait fait évanouir l'espérance de la gratification de cinquante écus.

Vous dirai-je à quels soupçons fut

exposé l'amour conjugal d'un de ces employés-négocians, dont la femme avait été à Londres pour acheter quelques marchandises ? Nul n'était plus attaché à ses devoirs, ni plus capable de les remplir. Il apprend que sa chère moitié vient de tomber malade, et qu'elle languit dans Lombard-Street, exposée aux remèdes assassins d'un *english physician*. Il ne faut que trente-six heures pour arriver à Calais, six de traversée, douze heures de Douvres à Londres ; en deux jours il peut embrasser sa femme, reconnaître l'étendue du mal, y porter de prompts secours, sauver peut-être ce tendre objet de ses affections. Il va droit à la préfecture de police, demande un passe-port pour Londres, sans déguiser sa qualité, et part après avoir écrit à son chef de bureau un billet où il prétexte une petite indisposition. Mais un commis

qui, va à Londres, cela est suspect!
Que peut avoir affaire à Londres un
commis ? Le ministère est immédiatement et gravement informé par la
police du singulier départ de ce personnage : il est signalé à Calais, suivi
dans la traversée, surveillé dans Lombard-Street. Pendant ce temps, le rapport au ministre est préparé, la destitution proposée ; elle allait être signée
(car ces sortes de choses-là marchent
vite), lorsque le voyageur arriva, et
raconta naïvement qu'il n'avait été con-
spirer que la santé de sa femme. Il était
sous les ordres d'un directeur homme
d'esprit, qui jeta le rapport dans le
panier d'osier.

Les commis-musiciens ne sont pas
moins tiraillés par leurs doubles devoirs que les commis-professeurs et les
employés-négocians. Vous imaginez
que l'orchestre de l'Opéra n'exige leur

présence que le soir, et vous en con-
cluez que le matin ils peuvent se livrer tout entiers à leur bureau. Quelle
erreur ! Combien il faut de répétitions
pour mettre en scène un opéra ! Ces
malheureuses répétitions font le tour-
ment des commis-musiciens. On répète
ordinairement de midi à deux heures,
et cet intervalle est précisément celui
de toute l'activité du bureau. Tandis
que le commis-musicien est à l'Opéra,
occupé à souffler dans son hautbois, ou
à faire ronfler sa basse, la lettre urgente
qu'il avait à faire traîne sur sa pan-
carte, où elle vieillit de date et d'enregistrement. Cependant la réponse à
cette lettre est depuis long-temps at-
tendue dans le département d'où elle
est partie : elle doit donner une solution qui intéresse M. le préfet ; l'impatience de ce magistrat a déjà tracé
une itérative qu'apporte un trop ra-

pide courrier. M. le préfet ose se plain-
dre, et trouve même des expressions
vives pour faire remarquer les inconvéniens d'un pareil retard. Insensé !
s'il avait plus d'expérience des affaires,
il aurait attendu patiemment, et les
bras croisés, la réponse qu'il sollicitait,
et se serait douté que les délais qu'il
accuse si mal à propos tenaient tout
simplement aux répétitions d'*Ipsiboé*.

QUATRIEME LETTRE

A MADAME......

Année ministérielle. — Deux saisons. — L'opposition. — Prélude de la session. — Les cinq ministères n'en font plus qu'un. — L'employé prend congé de sa famille. — Quartier-général ou bureau. — Approvisionnemens électoraux. —Trois projets de loi. —Naissance et éducation d'un projet de loi. — Influence d'une virgule. — Vingt fois sur le métier remettez votre ouvrage.—Maîtres des requêtes orateurs. — Article unique. — Les maladies se déclarent dans le ministère. — Livre de dépense de ma cuisinière. — La commission. — Les rapporteurs.—Leur éducation. — Orateurs pour et contre. — Amendemens. — M. Sgricci. — Opposition pour rire. — Députés solliciteurs. — Accueillis à cartons ouverts. — Bienfaits de la clôture. — Commis rendus aux affections de famille.

IL y a maintenant, pour les ministères, deux saisons bien distinctes, qui

5 *

ne sont pas moins dissemblables que l'été et l'hiver, et dont l'influence amène des effets tout aussi différens : la première se compose des six mois de la session des chambres, et la seconde des six mois de leur prorogation. Durant la session, les ministres, les directeurs, les chefs et les commis suent sang et eau ; l'activité est continuelle ; ·mais quand arrive l'ordonnance de prorogation, quand les députés se séparent au cri de *vive le roi!* cette douce acclamation retentit dans toutes les poitrines bureaucratiques, auxquelles le bienfait de la clôture semble enlever un poids de deux cents livres. On étouffait, on respire ; on travaillait, on se repose. Les garçons de bureau, les huissiers même, se croient affranchis; la livrée et la médaille leur deviennent des attributs de liberté. Si la France fait des vœux sincères pour le salut de ses députés, il n'est pas de point où on leur souhaite de plus grand cœur bon voyage, que dans les ministères.

Aujourd'hui cependant, que les départemens nous envoient des mandataires moins hostiles, en qui nous espérons trouver de fermes appuis du pouvoir, les deux saisons ministérielles vont, sans doute, tendre à quelque homogénéité; peut-être le thermomètre des bureaux, jadis si brusque dans ses ascensions et ses décroissances, se maintiendra-t-il à une température à peu près égale; mais j'ai vécu dans un temps où ses variations étaient si fréquentes et si soudaines, qu'il fallait des corps de fer pour y résister. Cette époque n'est distante de nous que de deux années. Nous avions alors une opposition. Ce mot d'*opposition* cause à juste titre l'effroi des employés. Il m'a coûté tant de peines et de fatigues, que ses cinq syllabes agitent encore tous mes nerfs. On a donné de bien vilaines figures aux diables, aux démons et aux sorciers; l'opposition est plus laide que tout cela : on la voit dans les bureaux, telle que Virgile a dépeint la Renommée :

Monstrum horrendum, ingens, cui quot sunt corpore plumæ,
Tot vigiles oculi subter (mirabile dictu),
Tot linguæ, totidem ora sonant, tot surrigit aures.

Pour vous, Madame, qui n'entendez pas le latin, je dois vous faire voir ce monstre, tel que l'interprète de Virgile l'a reproduit dans ces vers :

Rien ne peut égaler son bruit tumultueux;
Rien ne peut devancer son vol impétueux.
Pour voir, pour écouter, pour semer les merveilles,
Ce monstre ouvre à la fois d'innombrables oreilles,
Par d'innombrables yeux surveille l'univers,
Et par autant de voix fait retentir les airs.

Vous remarquerez que chacun des traits que Virgile donne à la Renommée s'applique identiquement à l'*op-position*. Cependant, le dernier,

Tot linguæ, totidem ora sonant,
Et par autant de voix fait retentir les airs,

tombe tout-à-fait à faux : grâce aux dernières élections, l'opposition a perdu plus de quatre-vingts langues : la voilà presque muette. Si j'étais encore commis, je ferais des vœux pour qu'elle devînt sourde, et qu'elle fût bientôt réduite, comme les élèves de l'abbé Sicard, à ne plus s'exprimer que par signes.

Oui, Madame, le métier d'employé, que, dans le monde, on se plaît à comparer à la vie molle et fainéante d'un chanoine, est, aux approches de la session, et durant toute la session, un vrai métier de galérien. Mon devoir est de vous en donner une idée.

Vous parlerai-je d'abord des appro-

ches de la session ? Elle s'annonce par
un mouvement de fièvre, qui s'empare
de tous les ministres, directeurs et
chefs, et qui, dans sa rapide invasion,
gagne bientôt les commis, les expéditionnaires et les garçons de bureau.
L'ordonnance de convocation des colléges a paru. Dès ce moment, les affaires du service courant sont mises à
l'arriéré, pour ne s'occuper plus que
du grand intérêt électoral. Le commun
danger fait taire les petites discussions,
apaise les petites jalousies, et paralyse
les tiraillemens d'attributions qui di-
visaient les ministères. Il n'existe plus
qu'un besoin, celui de donner aux élections un mouvement uniforme et ministériel. Il s'agit bien alors de se livrer
à des querelles intestines et à des con-
troverses d'amour-propre! L'ennemi est
aux frontières; toutes les haines doivent
se confondre en un seul sentiment, ce-

lui de la défense; en une seule nécessité, celle de la victoire. Aussi les cinq
ministères n'en font plus qu'un : les
commis de la guerre écrivent sous la
dictée de l'intérieur, les commis de
l'intérieur écrivent sous la dictée des
affaires étrangères, et tous écrivent, au
besoin, sous la dictée des finances. On
s'emprunte réciproquement des escoua-
des d'employés, qui voyagent de la rue
de Grenelle à la rue Neuve-du-Luxem-
bourg, et de la rue Royale à la rue
Neuve-des-Petits-Champs ; de toutes
parts, des réquisitions sont frappées
sur l'encre et le papier : c'est une levée
en masse de plumes et de canifs, qui,
fatigués et la nuit et le jour, suffisent
à peine à l'incitative activité de la circulaire, de la lettre confidentielle, itérative, hortatoire et comminatoire.

A ce prélude de la session, vous le
voyez, il n'est déjà plus de repos pour

le malheureux employé. Le printemps
rend la verdure aux prairies, aux arbres
dépouillés leur riche coiffure ; il rappelle
les oiseaux à leurs amours, et les commis, hélas ! à leurs chaînes et à leur es-
clavage. Dès que l'ordonnance de convocation a noirci la première colonne du
Moniteur, l'employé réunit sa femme
et ses enfans, jette autour de son foyer
un triste et long regard, et les prévient
que l'heure de la séparation a sonné ; il
ne sait plus à quel instant du jour ou de
la nuit il lui sera permis de revenir au
logis distribuer ses caresses. Vainement
la tendre compagne de son sort, jusqu'à
minuit attachée à la croisée, nourrira
des espérances de retour ; les élections,
jalouses de son bonheur, enchaînent au
bureau le mari dont elle a cru entendre
retentir les pas sous le lointain réver-
bère ; dans son illusion, chaque passant
lui semble un époux ; elle se persuade

que déjà l'ami qu'elle appelle a tourné la rue de Grenelle. Insensée !... il est occupé à lutter corps à corps avec les électeurs de la Vendée.

Le commis qui prévoit de loin cet avenir de travail et de fatigues, devant lequel ploie quelquefois son courage, se flatte pendant plusieurs jours que le ministère a fait des progrès dans l'esprit public; que le premier ministre s'est rendu populaire, et que le vœu national perpétuera en ses mains le portefeuille qu'il tient d'une main ferme. Il fait donc espérer à sa famille, il espère lui-même, que les élections iront toutes seules; que cette fois, du moins, une heureuse unanimité entre les gouvernans et les gouvernés portera sans efforts à la législature les présidens de collége, qu'une ordonnance vient de jeter dans le moule de la candidature; et la lecture assidue du journal minis-

tériel, le seul que la douane du concierge laisse pénétrer dans le ministère,
l'entretient dans cette erreur. Mais les
premières réponses des agens électoraux ont bientôt dissipé cette illusion
de sa paresse : la lutte sera plus san-
glante encore que l'année dernière; il
est trop évident qu'on ne marchera
point sans gendarmes, sans télégra-
phes, sans passe-ports, sans cartes de
sûreté et sans dégrèvemens. Il faut donc
se résoudre à établir son quartier-général au bureau; alors, on voit les femmes, les mères et les sœurs des employés, entièrement livrées aux soins
des approvisionnemens de cette campagne; chacune d'elles se transforme en
un petit munitionnaire, qui charge le
sous-chef et le commis, de deux et
trois jours de vivres; leur prévoyance
élargit le ventre des carafons d'osier;
l'un porte au bureau ses tablettes de

chocolat, l'autre ses provisions de bis-
cuit ; et tous, le sac sur le dos, se hâtent
de se rendre au lieu de réunion de la
grande armée bureaucratique.

Mais c'est peu que ces premiers
tourmens. Il n'est pas un ministre qui
laisse passer la session, sans préten-
dre en tirer quelque fruit ; et deux
mois avant son ouverture, le Colbert
de récente ordonnance, a fait connaître à ses directeurs qu'il entend
illustrer son ministère par des améliorations que réclame l'intérêt public :
ce sera l'affaire de deux ou trois projets de loi. Un projet de loi !... Vous
ne savez pas ce que cela coûte aux employés. Ce mot ne me terrifie pas
moins que celui *d'opposition !* A voir
le laconisme des projets de lois dont
M. le président de la chambre donne
acte aux ministres, vous croyez que
cela se fabrique sur le coin d'un bu-

reau, comme vos invitations de bal où
vous inscrivez d'une main vagabonde
et légère, *il y aura un violon*. Voici
à peu près comment cela se passe.

Le ministre entretient chaque directeur de son plan nouveau-né. Dévelop-
pez-moi cela, leur dit-il. La première
recherche dont s'inquiètent ces sous-
ministres, est celle de savoir si leur direction recevra du projet quelque
importance nouvelle. L'un d'eux y
entrevoit-il l'espoir du brevet de conseiller d'état, le projet devient son
enfant. Ses collègues le seconderont
plus ou moins, selon que des articles
2 et 3, pourront jaillir des récompenses ou des accroissemens d'attributions. Les chefs de bureau sont à leur
tour appelés : l'un s'applaudit d'une
disposition où il voit l'espoir de dou-
bler ses appointemens ; l'autre trouve
dans une exception, qu'il sera facile

d'introduire, un moyen offert d'élever, au grade de sous-chef, son cousin, qui n'est que commis principal; le sous-chef, de son côté, aperçoit l'origine d'une comptabilité *spéciale* au fond du projet, et il mettra en pied son neveu le surnuméraire.

Dès ce moment, l'opinion des bureaux est formée. Toutes les têtes et toutes les plumes s'exercent à développer le projet du ministre. Celui-ci est chargé de la partie numérique; il ouvre des états, des colonnes, et crée, à force d'ingénieuses additions, et d'habiles multiplications, des chiffres qui arriveront juste au résultat souhaité par le ministre. Vingt commis, travaillant sous ses ordres, font des règles de proportion, appliquent des tarifs et cherchent des balances. Celui-là, qui est apte aux travaux de rédaction, prépare des mémoires dont vingt autres

commis cherchent les élémens dans
de vieilles liasses, où dormait l'expérience administrative. On parvient
enfin, en huit jours et huit nuits, à
former, de la pensée de S. Exc., un
volume in-folio que l'on met sous ses
yeux ; tout cela est enveloppé du très-
court projet de loi, où, quelquefois
un mot indifférent, et habilement
glissé dans l'artifice d'une phrase inci-
dente, renferme les germes secrets de
nouveaux emplois, de nouvelles carrières ; car, il faut que vous le sachiez,
une conjonction, un point, une virgule, introduits ou effacés dans un
projet de loi, contiennent des éléva-
tions, des ruines, des promotions et
des destitutions qui échappent à l'œil
le plus clairvoyant.

Dans ce premier état d'imperfection,
le projet va quelquefois tomber dans
des mains inconnues ; ce sont celles

d'un ami du ministre, souvent d'un homme obscur dans les lumières duquel il a confiance et qui charge les mémoires et les chiffres de notes sages et désintéressées. Il reviennent à leur source. On s'intrigue pour savoir d'où partent ces agressions; mais l'arsenal des bureaux est remis en mouvement: les commis sont réoccupés à faire des contre-chiffres et des contre-mémoires qui ramènent le projet à toute sa pureté primitive, et le ministre est contraint à conviction, par la raison des dossiers et l'éloquence des cartons.

Le projet est assez mûr pour être soumis au conseil d'état. Il sera d'avis qu'il faut mettre l'article 4 avant l'article 3, et faire de l'article 7, l'article 8. Ceci ne touche pas le moins du monde au fond du projet; mais un déplacement d'articles exige des modifications dans les *mémoires pour ser-*

vir à la discussion, et dans l'économie des états et des pièces à l'appui; alors il faut scinder les calculs, présenter les résultats sous d'autres formes; il faut rédiger de nouveau, refondre, et ré-expédier. Le jour de la convocation approche; il n'y a pas un moment à perdre. On n'arrivera pas si l'on ne passe pas la nuit, et si l'on ne travaille pas *extraordinairement*.

Les députés ont pris place sur leurs bancs de droite, du centre et de gauche, et le président les a déjà congratulés sur sa cinquième réélection. Il n'y a plus à reculer : si le ministre n'est point orateur, les bureaux sont perdus : ils auront à faire l'éducation des trois conseillers d'état ou maîtres des requêtes chargés de défendre le projet. Voilà les cours de chiffres et d'éloquence ouverts à ces messieurs, dans chacun de nos cabinets, où le

moindre commis, transformé en professeur, apporte toute l'artillerie de
ses argumens. On invente alors mille
moyens d'aider la mémoire rebelle de
ces orateurs improvisés : on fait des
notes sommaires, des notes développées, des aperçus, des résumés ; on
crée des signes de renvoi, des signes
de rappel. Tout l'art des Fenaigle et
des Côme est mis à contribution.

Cependant on vient de compter avec
effroi les membres de cette *opposition*,
qui a d'innombrables yeux et d'innombrables oreilles, et qui,

....Par autant de voix fait retentir les airs.

« N'est-ce point une folie que de li-
» vrer à la discussion un projet en huit
» articles ! Huit articles, bon Dieu ! Ne
» voyez-vous pas quel énorme dévelop-
» pement huit articles présentent aux
» arguties du monstre ? Amaigrissez ce

» projet, faites-le petit pour qu'il passe :
» on s'attaque vainement aux corps qui
» n'ont point de surface. Faites un ar-
» ticle *unique* : c'est beaucoup trop en-
» core ; mais il n'y a pas moyen d'en
» mettre moins. »

Ces conseils-là sont ceux d'un vieux
ministre qui a vu périr en ses mains
des projets de deux et trois articles. On
les met immédiatement en pratique.
Tous les Montesquieu et tous les Tacite
du ministère sont requis ; on fait subir
au projet des suppressions, des retran-
chemens, des coupures qui l'amènent
violemment à l'état d'article unique.
Dans cet état de mutilation, ses premiers auteurs le prendraient pour la
dernière comédie échappée aux mains
de la censure.

Cette troisième métamorphose n'a
pas coûté moins cher aux commis que
les deux premières. D'abord les mots

affreux de *suppression* et de *retranche-
ment*, qui ont retenti dans tous les corridors, leur ont fait prendre le change;
ils ont cru un moment qu'il s'agissait
encore de réformes; mais il faut con-
vertir en ordonnances, en instructions,
en circulaires, tout ce qu'on enlève au
projet de loi, et ressaisir, au profit du
pouvoir exécutif, ce que les sept articles supprimés attribuaient aux trois
pouvoirs. Nouveau travail, nouvelle
rédaction, nouveaux calculs. On ploie
sous le faix : les maladies commencent
à se déclarer dans le ministère.

Je remarquerai, en passant, que ces
rares qualités de précision et de con-
cision , tant recherchées dans les ouvrages de philosophie , de morale et
d'histoire, ne me paraissent plus que
de grossiers artifices quand on les applique à des matières législatives , politiques et administratives. Là , je ne

crains nullement les développemens,
les explications et même la prolixité.
Un historien, qui compte un à un les
boulets épars sur le champ de bataille,
fatigue mon attention ; mais le législa-
teur, qui prend soin de me raconter
de combien il réduira ma rente, quand
il la réduira, quelle garantie il offre à
mon remboursement, jusqu'à quelle
époque courra mon intérêt de 3, de 4, ou
5 pour cent, ne saurait être trop abon-
dant, ni trop riche de détails. Je veux
même qu'il soit diffus. A la lecture des
ouvrages de certains écrivains moder-
nes, je me sens harassé de la longueur
de leurs rêveries romantiques ; mais les
interminables bavardages de mon fer-
mier, les factures développées de mon
tailleur, le livre même de dépenses de
ma cuisinière, ne m'ont jamais paru
trop explicatifs. Je n'ai pas soutenu
sans curiosité avec celle-ci des discus-

sions de deux heures sur le prix d'une botte d'asperges et d'un litre de petits pois, attendu qu'il fallait tirer l'argent de ma poche. Cette observation, je l'ai quelquefois glissée, dans mon intérêt de commis, aux mutilateurs de projets de loi : elle n'a pas été accueillie ; je n'y insisterai pas.

Vous prévoyez, Madame, que les commis auront encore à faire l'éducation des membres de la commission et du rapporteur. Il n'en est pas de plus rude que celle-ci ; un rapporteur est ordinairement un favori du pouvoir, et, tant que son rapport n'est pas fait, il jouit d'un surcroît d'influence dont il use largement ; il a le droit de mettre à toute heure les bureaux à la question, pour ne pas dire à la torture. Un petit billet de M. le rapporteur met en révolution toute la gent bureaucratique : il lui faut des renseignemens, et avec

deux lignes , il occasione un branle-
bas général. Pourquoi tout ce fracas?
pour répéter quelquefois, en d'autres
termes, ce que l'orateur du gouvernement a déjà dit dans le discours de présentation ; souvent pour y ajouter de
maladroits argumens qui fournissent
des armes nouvelles au monstre de l'opposition.

Mais les orateurs *pour* et *contre* se
sont fait inscrire. Dès cet instant les
portes du ministère sont toutes grandes
ouvertes aux orateurs *pour ;* il faut livrer à tous des copies ou du moins des
extraits de chacun des mémoires , de
chacun des états à l'appui. A ce point
de maturité du projet, chaque bureau
est changé en un atelier de lithographie , tout le monde copie. Les commis
ne sont plus que les expéditionnaires
du centre de la chambre.

La discussion générale est fermée, et

de traîtres orateurs nous gardent en poche des *amendemens*. Vous parlerai-je des amendemens? Vingt projets de loi à préparer nous coûtent moins de peine à nous autres commis, qu'un seul amendement à combattre. En effet, une disposition que renferme un amendement n'est point de celles que la prévoyance avait agitées; elle vient on ne sait d'où, elle tombe des nues. C'est un corps d'armée qui vous tourne, qui vous attaque en flanc, et vous surprend sans que vous ayez de force à lui opposer. Il faut donc, à chaque amendement, improviser des argumens, des répliques, des réfutations, des démentis; et le désespoir de ce genre de travail, c'est qu'il faut le faire sur-le-champ, à la minute. M. Sgricci serait précieux dans ces momens-là; c'est un homme à attacher à l'administration. Je sais bien que les amendemens m'ont mis sur les

dents. M. B. C. , auquel on conteste la
qualité de Français, et qui vient de partir pour trouver quelque bonne preuve
capable de clore la bouche à ses adver-
saires, m'a fait, durant toute une session, passer la vie la plus abominable-
ment laborieuse. Je vous déclare, à
raison de l'intérêt que je porte à mes
anciens camarades, que je fais des vœux
bien sincères pour qu'il soit déclaré
étranger, archi-étranger.

Contre les orateurs de l'opposition,
que nous craignons comme le feu, nous
avons quelquefois essayé d'une manœuvre qui malheureusement ne nous a
point réussi. On s'évertuait dans les
bureaux à prévoir leurs moyens d'attaques, à deviner les argumens dont ils
se serviraient, les bottes secrètes qu'ils
nous porteraient. Dans ce but on dis-
tribuait des rôles aux rédacteurs : l'un
était chargé de représenter M. M. , l'au-

tre M. C. P., celui-ci M. le général F.,
un quatrième, M. G., un cinquième
M. L. Quelques malins rédacteurs se
donnaient alors du large, et au grand
étonnement des directeurs et des ministres, leur poussaient des argumens
sans réplique. On trouva dangereuse
cette comédie assez mal jouée, comme
bien vous le pensez; il fut reconnu,
quand les discours de MM. les orateurs
avaient fait retentir la tribune, que les
nôtres n'y ressemblaient en rien, et que
nous nous acquittions généralement
fort mal de nos emplois. Cela nous en
faisait deux, à la vérité; mais personne
n'était jaloux de cumuler à ce titre.

Si un seul projet de loi nous donne
tant de soins, jugez où nous en sommes
lorsque nous en avons trois ou quatre
à préparer! Ils passent enfin, et nous
n'avons plus à faire tête qu'aux trois
cents députés qui, n'étant pas orateurs,

6 *

se transforment obligeamment en mandataires de leurs compatriotes des départemens.

Remarquez que le système représentatif restauré a donné aux députés une importance qu'ils n'avaient point sous l'empire : leur vote fait les destinées des ministres. Les ministres tiennent le pouvoir ; c'est bien le moins que leur omnipotence accorde des faveurs et des grâces à ceux qui, par le jeu d'une boule, peuvent affaiblir ou détruire cette toute-puissance. Un grand nombre des électeurs provinciaux n'ignorent pas cette source de crédit des députés auprès des ministres, et, dans les choix qu'ils font, accordent, par un calcul de localité, leurs suffrages à quelques-uns de ces notables qui ne connaissent dans toute la France que leur département. Tout irait le mieux du monde dans le royaume, si les compatriotes de leur petite

ville étaient dégrevés d'impositions, dé-
barrassés des visites des commis à cheval, affranchis de la douane et du recru-
tement. Ces députés-là portent dans le
cœur l'enthousiasme de l'arrondisse-
ment et le fanatisme de la commune.
Leur petite ville n'attend d'eux ni opposition, ni discours, ni amendemens :
elle en espère des pas et des démarches ;
ils sont de ceux auxquels on dit :

Il faut des actions et non pas des paroles.

Vous ne sauriez croire jusqu'à quelle
profondeur de conviction ils sont péné-
trés de ce côté d'utilité de leur mandat.
A peine débarqués à Paris, les pétitions
leur pleuvent, et ils en forment de vastes dossiers où ils prennent soin d'inscrire les noms du directeur, du chef de
bureau, du sous-chef et du commis que
cela regarde. L'un sollicite la construction d'un petit pont ; l'autre, la percée

d'un chemin vicinal. Plusieurs veulent faire des directeurs, des inspecteurs et des maîtres de poste; quelques-uns, que nous envoient les départemens à tabac, aspirent à porter leurs concitoyens à tous les emplois que les contributions indirectes ont créés à la suite de cette plante, comme contrôleurs spéciaux de culture, garde-magasins, inspecteurs, sous-inspecteurs et chefs de fabrication.

Tant qu'on peut accorder, on accorde; mais les commis reçoivent l'ordre le plus formel d'accueillir à cartons ouverts les représentans de la nation. Pour eux, et durant toute la session, nos portes n'ont ni gonds, ni serrures. Leurs moindres demandes sont timbrées d'une annotation rouge qui nous prescrit, en lettres de feu, d'y répondre dans les vingt-quatre heures. Comme ils ne manquent pas de venir solliciter de leur personne, il y a dans tous les bureaux pour l'asseoir, un fauteuil de service. C'est pour ces messieurs qu'il nous est enjoint de réserver tout ce que la civilité a de formes prévenantes et obséquieuses, tout ce que l'empressement et le zèle ont d'activité et de bon vouloir. C'est donc à qui se montrera le plus honnête et le plus laborieux envers ces législateurs : on ouvre sans cesse pour eux les dossiers, on se livre à de longues recherches, on rédige des notes conductrices de leur inexpérience; le dévouement va quelquefois jusqu'à minuter les réponses qu'ils ont à faire pour mettre en bonne route l'ambition de leurs solliciteurs normands ou gascons.

Vous voyez que, si dans ces combats, les élections et les projets de loi représentent le gros corps d'armée auquel les employés ont à faire face, quelques députés sont nos Cosaques, chargés,

pendant toute la session, de nous tenir
en alerte et d'exécuter contre nos bureaux des houras qui ne nous laissent
ni trêve, ni repos.

Le dénoûment tant hâté de nos vœux,
tant souhaité de nos femmes et de nos
enfans, arrive enfin : les ministres viennent de porter à la chambre l'ordonnance qui en prononce la clôture. Mais
ce n'est point sans compter quelques
victimes que nous avons bravé les ri-
gueurs de cette saison : des maladies de
foie et des jaunisses, suites ordinaires
d'un travail forcé, ont mis une vingtaine de commis hors de service. Quelques députés du centre, toujours bons,
toujours empressés, sont les seuls qui
s'en aperçoivent ; sans doute, parce que
ces physionomies oranges, ces corps ef-
filés, contrastent trop fortement avec
leurs faces rubicondes et leurs bedaines
arrondies.

Heureusement si une poignée de commis a ployé sous l'effort de la session, trois mille qui l'ont bravement soutenue vont passer subitement de l'état de guerre à l'état de paix. Alors deviennent oisifs la plume, la règle et le grattoir. Une barbe blanchâtre ne tarde pas à couvrir les godets des encriers, et, Dieu merci ! elle sera long-temps respectée des garçons de bureau. Le commis est entièrement rendu aux affections de famille et aux douceurs de la promenade. Il a travaillé, maintenant il consomme. Les ministres, pourvus du budget, en font autant, et ne gourmanderont point sa paresse. Pendant cette seconde saison ministérielle, nul n'est étonné de trouver les bureaux déserts et les chaises abandonnées. Un commis qui, après la clôture, arriverait au ministère à midi, passerait assurément pour suspect. Le directeur, qui,

à cette fainéante époque, aurait besoin
d'un travail général, serait contraint
d'aller chercher sa division des archives
aux Champs-Élysées, sa section de
l'enregistrement à Saint-Cloud, et son
bureau du personnel au Jardin Turc.
Alors les ministères vont s'établir hors
des barrières : l'administration emplit
de ses loisirs toutes les petites voitures
de la banlieue, qui emportent les affaires étrangères en parisiennes, la marine en gondoles, et les finances en
célérifères.

L'heure de la séparation a sonné.....

CINQUIÈME LETTRE

A MADAME....

Les commis de l'empire couchent au bureau. — La restauration les rend à leurs femmes et à leurs dîners. — Je veux.
— Il veut. — Mode de travail sous Napoléon. — Ordre qui
arrive à minuit. — Le ministre en robe de chambre. — Secrétaire intime éveillé en sursaut. — Le plus grand ennemi de
Napoléon, Morphée. — Le ministre fabrique des nouvelles.
— Le ministère devient un camp, les bureaux des bivouacs.
— Éducation en voiture. — Quos ego. — Son Excellence ne
comprend pas. — Histoire des ânes et d'un préfet.

Sɪ la session législative est aujour-
d'hui pour les commis une époque de
travail et de soucis, ils espèrent du
moins le long et tranquille intervalle
de la clôture ; mais sous le règne du

Tᴏᴍᴇ I. 2ᵉ. *édit.*　　　　7

turbulent Napoléon, durant ces quinze
années de mouvement perpétuel, quel
employé a jamais trouvé le temps de
lire un journal, de donner un quart
d'heure à son frugal déjeuner? Quel
sous-chef pouvait se flatter de coucher
dans son lit, ou d'assister au repas que
sa femme avait préparé? Vainement,
hélas! elle tempérait les bouillons d'or
d'un pot-au-feu qu'il ne devait pas consommer; vainement elle tourmentait
l'édredon pour lui préparer une couche
voluptueuse : une multitude d'ordres
inattendus partant de l'Élysée, de
Saint-Cloud ou de la Malmaison, venaient soudainement attacher les commis à leurs tables, et les déclarer en
permanence. La fièvre électrique du
maître communiquait à tous sa rapide
étincelle. Jusqu'à ce qu'on eût développé en colonnes les résultats qu'at-
tendait son impatience; jusqu'à ce qu'on

eût emprisonné en décrets ou en séna-
tus-consultes son énergique volonté qui
allait frapper cent trente-six départemens, les jours étaient sans relâche, les
nuits étaient sans repos. Alors la mère,
la femme, la sœur du commis, sépa-
rées de lui par une rue ou par un carrefour, étaient huit jours sans nouvelles
d'un fils, d'un frère ou d'un époux.
Quelquefois seulement le commission-
naire du coin, transformé en courrier
extraordinaire, allait calmer leurs inquiétudes par un petit billet où étaient
exprimées, à la hâte, les assurances
d'une santé certifiée par le timbre du
ministère.

Quelques vétérans bureaucrates, qui
survivent à la faux de la destitution,
se souviennent encore de ces temps
laborieux, où l'appétit et la soif, le
travail et le repos, l'amitié et les affections, étaient circonscris dans le

ministère. Son hôtel était la patrie; ses bureaux, la famille.

Dieu merci, des temps plus calmes ont restitué les commis aux douceurs de la vie sociale : la restauration leur a rendu leurs femmes et leurs dîners, et de ses nombreux bienfaits ce n'est pas celui auquel ils applaudissent le moins.

Voilà comme il existe des contrastes entre les mœurs administratives. Celles que l'empire avait créées méritent d'être esquissées : elles feront le sujet de cette lettre.

Napoléon, de la tête duquel jaillissaient en foule les grands projets, les vastes plans et les hautes conceptions; Napoléon, qui s'était réservé toutes les initiatives, n'allait point à la recherche de ministres créateurs et inventifs. Il fallait à son génie des hommes d'exécution, de bons instrumens qui rendissent sous sa main des sons justes et harmonieux. Sa volonté, à peine manifestée, était une loi européenne. Pourquoi se serait-il appliqué à trouver des ministres rusés, artificieux, tâchant de se couvrir, sous le règne de l'arbitraire, du manteau de la légalité? Partout il disait, *Je veux ;* et ses ministres n'avaient qu'à répéter : *Il veut.* Ce rôle avait du moins l'avantage que la franchise et la loyauté étaient compatibles avec leurs fonctions. « J'ai rendu, disait-il, mes ministères si faciles que je les ai mis à la portée de tout le monde, pourvu que l'on possède du dévouement et de l'activité. »

La pensée politique a changé de point de départ. Sous Napoléon, elle venait d'en haut; un ordre inattendu la portait à ses ministres, rapide, nette et brillante comme l'éclair. Cet ordre, il le dictait à toute heure, en tous lieux, à des secrétaires dont l'oreille et la plume étaient façonnées à la promptitude de son débit qui était bref et impératif. Après la dictée, il corrigeait de sa main, et l'ordre, remis sur-le-champ à un officier d'ordonnance, était immédiatement porté au ministre qu'il concernait.

Jamais plus qu'à cette époque on ne sut profiter du temps. Pour les ministres et leurs agens, les quinze années de ce règne ne furent qu'une longue veille ; comment pouvait-il en être autrement sous un chef si prompt à commander, si impatient d'être obéi ?

A minuit, par exemple, lorsqu'un ministre, harassé de tout le travail du jour, avait chèrement acheté les douceurs du repos, il recevait un billet comme celui-ci :

« Saint-Cloud, 20 juillet 1805.

» Monsieur D... je vous envoie un
» ordre pour l'amiral Gantheaume.
» Faites-le partir par un courrier ex-
» traordinaire ; indiquez-lui de quelle
» manière il pourra se rallier à Lalle-
» mand ; et entrez avec lui dans les
» différentes hypothèses probables.
» Vous ne laisserez point échapper
» celle que voilà : Si les Anglais sont
» inférieurs devant lui, certainement
» ils croisent devant le Férol. *Ne*
» *vous couchez pas avant d'avoir ex-*
» *pédié ce courrier.* Sur ce, je prie
» Dieu, etc. »

Vous concevez qu'à la réception d'un
pareil ordre, le ministre en robe-de-
chambre avait bientôt réendossé l'habit
de travail ; mais cet ordre était de ceux
qui ne mettaient guère en révolution
que le secrétariat, lequel, comme vous

le savez, a droit de gîte dans l'hôtel.
La vigilante sonnette qui aboutissait à
l'oreiller du secrétaire intime était d'a-
bord mise en mouvement. Celui-ci,
après avoir sonné à son tour trois commis de service, dont un courait éveiller
le secrétaire général, se rendait auprès
de Son Excellence. Bientôt six bougies
étaient rallumées, et pendant que les
plumes commençaient à courir, le secrétaire général envoyait à la recherche
d'un officier d'ordonnance, comman-
dait la chaise de poste où devait s'emballer le courrier extraordinaire, qui,
à deux heures du matin, avait déjà
franchi la barrière, et fait jaillir l'é-
tincelle sur le pavé de la route de
Rochefort, de Brest ou de Toulon.

Oui, Madame, de tous les ennemis
de Napoléon, les gazettes et les pam-
phlets n'ont pas signalé le plus cruel et
le plus irréconciliable : cet ennemi, c'est

le dieu du sommeil, Morphée, à qui il avait arraché ses pavots. Depuis, ce fils de la nuit a bien pris sa revanche. C'est assurément lui qui a le plus à se plain- dre de l'usurpation. Voyez aussi avec quelle ardeur il cherche à rentrer dans ses propriétés, comme il étend partout ses voiles sombres et endort les popu- lations.

Vous citerai-je encore une de ces dépêches dont le mystère ne franchis- sait pas le secrétariat, appelé à suppor- ter seul la fatigue de son exécution ?

« Au château de Stupinis, le 24 avril 1805.

» J'ai reçu votre lettre du 29 ger-
» minal. J'ai appris avec plaisir que le
» vaisseau le *Régulus* a été lancé : il
» faut le faire armer. *Si vous y mettez*
» *de l'activité*, il peut, d'ici à six se-
» maines, être à la mer, et jouer aussi
» son rôle.

» *J'attends avec impatience* les dé-
» pêches qu'apporte le brick *le Dili-*
» *gent*.

» Je désire que vous fassiez mettre
» dans les journaux que de grandes
» nouvelles sont arrivées des Indes ;
» qu'elles ont été expédiées à l'empe-
» reur, que le contenu n'en transpire
» pas, mais qu'on sait seulement que
» les affaires des Anglais vont fort mal.
» Ces petits moyens sont d'un effet in-
» calculable sur les hommes ; car leurs
» combinaisons ne sont pas le résultat
» de têtes froides ; chacun y porte les
» alarmes et les préjugés de sa coterie.
» Sur ce, je prie Dieu, etc. »

Voyez-vous le ministre, entouré de
deux ou trois rédacteurs, fabriquant à
la minute des nouvelles des Indes, et
travaillant à mettre en mauvais état les
affaires des Anglais ? Le voyez-vous,
enchanté de son imagination et de son

style, se demandant comme Sosie, *où prend son esprit toutes ces gentillesses?* Le voyez-vous expédier à tous les journaux l'ordre d'insertion, pour le lendemain, de son article officiel sur les grandes Indes? Ah! que nous sommes heureux, Madame, de n'exister plus sous un gouvernement d'imposture et de fraude, où des ministres calculant sur notre crédulité, nos alarmes et nos préjugés, exploitaient à leur profit la publicité des journaux, accréditaient de fausses nouvelles, et cherchaient à populariser le mensonge! Aujourd'hui les journaux sont libres; aucun n'est contraint à insérer des nouvelles fabriquées; on n'abuse pas de notre confiance; on ne se flatte pas que nos combinaisons ne sont point le résultat de têtes froides; nos ministres ne pensent pas comme autrefois que ces *petits moyens* soient *d'un effet incalculable.*

Toutefois, des ordres tels que ceux
que je viens de vous rapporter n'eus-
sent agi que sur les mœurs des employés du secrétariat, obligés de changer leurs heures de repas et de sommeil;
mais il en arrivait, hélas ! de plus vastes, de plus importans qui exigeaient
le concours de toutes les forces administratives, l'emploi des jours et
des nuits de la généralité des commis.
Alors le ministère devenait un camp,
et les bureaux des bivouacs. Tel était
l'ordre suivant :

« Mars 1803.

» Je vais passer en revue ce que les
» circonstances actuelles (le projet de
» descente en Angleterre) me parais-
» sent exiger. Je prie les ministres de
» me faire connaître, sur chaque article,
» ce qu'ils ont fait, ou ce qu'ils vont
» faire.

» *Escaut.* 1°. Mettre dans le port de

» Flessingue autant de vaisseaux en
» construction qu'il sera possible ; pour
» cela organiser ce port. Je désire con-
» naître les ingénieurs, administrateurs,
» agens militaires, garde-magasins, etc.
» qui y ont été envoyés ou que l'on se
» propose d'y envoyer.

» 2°. Diriger sur Flessingue les cou-
» pes de bois que produisent les pays
» formant le bassin de l'Escaut.

» 3°. Mettre des vaisseaux en con-
» struction sur le bord de l'Escaut, le
» plus près possible d'Anvers ou de
» Flessingue. Connaître les lieux choi-
» sis pour cet objet et les moyens.

» 4°. Faire construire des chaloupes ca-
» nonnières et autres espèces de ba-
» teaux plats, pour servir au rassem-
» blement de Flessingue.

» 5°. Connaître les mesures qui ont été
» prises pour la levée d'ouvriers dans la
» Belgique, sur le Rhin et la Meuse,

» pour les travaux du port de Flessin-
» gue, et le nombre qu'on espère se
» procurer.

» *Hanovre.* 1°. Connaître l'officier
» envoyé avec le général Mortier.

» 2°. Désigner quelques contre-maî-
» tres destinés à faire des coupes de
» bois pour la marine dans le Hanovre.

» 3°. Construire des bateaux plats
» dans le Weser et l'Elbe. Envoyer
» quelques enseignes de vaisseaux pour
» commander à Cuxhaven et autres pe-
» tits ports.

» *Hollande.* Acheter pour vingt mil-
» lions de chanvre, mâts, courbes et
» autres objets nécessaires à la marine.
» Faire connaître les mesures prises et
» celles que l'on doit prendre.

» *Le Havre.* Une grande partie du
» bois qui est au Havre, et qui ne peut
» pas être transporté, pourira. Pren-
» dre des mesures pour l'utiliser, et

» faire connaître ce qu'on pourrait en
» faire, etc., etc. »

(*Suivent des instructions analogues pour les ports de Brest, Lorient, Saint-Malo, Nantes, Rochefort, Bordeaux, Toulon et Marseille.*)

Ces dépêches-là se terminaient ordinairement par ces mots : *Je désire avoir ce travail sous huit jours.* Qu'y pouvait le ministre ? Il envoyait cet ordre aux chefs de division, qu'il engageait à se concerter, et, durant huit jours, il poussait au ciel des soupirs, formait des vœux pour que le travail lui arrivât à temps.

Alors on voyait s'effacer, dans les bureaux, ces titres hiérarchiques qui défèrent le commandement à tel ou tel. La force des circonstances faisait soudainement des promotions éventuelles, où le talent prenait les premiers rangs ; les commis devenaient, pour huit jours,

des chefs de division , tandis que ceux-
ci consentaient quelquefois à se trans-
former en simples expéditionnaires. En
un mot, le commandement passait, de
nécessité, à la plus forte tête.

Dès ce moment, il ne fallait plus
penser à aller chercher, hors du ministère, les besoins de la vie ; on n'en
avait pas le temps. Les estomacs devenaient de véritables serfs du travail :
l'heure du déjeuner dépendait de l'exactitude d'une addition, et celle du dîner
d'une balance générale. Souvent les
commis , encore à jeun, voyaient arriver les lumières ; l'urgence avait confondu en un repas unique les trois
repas du jour. Tout alors, dans le ministère, servait à remplacer les meubles qui y manquaient: les bureaux ,
rapprochés, se changeaient en une vaste
table, où des feuilles de papier , éta-
lant leurs carrés, défiaient la blancheur

du lin et les nuances du damas. Aux
couteaux absens on suppléait par des
grattoirs ; aux petits verres par les
godets enlevés aux encriers. Après les
premières nuits, quelques commis,
succombant à la fatigue, demandaient
une heure de repos ; à ceux-là deux
chaises formaient un lit, dont quelque
vieux registre faisait le traversin. Cette
extrême application, ce travail forcé,
cette contention de calculs, engendraient quelquefois des maladies. Nous
comptions aussi nos morts et nos bles-
sés ; sous ce régime, qu'on a appelé
militaire, le poste le plus périlleux n'é-
tait pas toujours au champ de bataille.

Le croirez-vous ? on touchait à peine
au but qu'une lettre de Napoléon gour-
mandait déjà notre paresse. On arrivait pourtant ; mais le travail réuni,
coordonné et porté à la hâte chez le
ministre, le trouvait posant la jambe

sur le marche-pied de sa voiture, prête
à partir pour Saint-Cloud. Il n'avait,
hélas ! pour étudier tant d'élémens divers, tant de calculs et de rapports, que
la rapide demi-heure qui devait le conduire à la grille du château. Il faisait
son éducation en voiture, et quand
Napoléon le questionnait, il arrivait
souvent qu'elle était entièrement manquée.

Un ministre sous lequel j'ai vécu
voulut éviter cet inconvénient qui était
grave, je l'avoue. Il se ménage deux
heures durant lesquelles il convoque
dans son cabinet quatre d'entre nous
qu'il croyait les plus habiles à exercer
les fonctions de professeurs. Deux heures ! c'était bien peu pour une aussi
grande tâche. Nous développons pourtant nos états de situation et nos colonnes ; et, animés de la meilleure
volonté, nous expliquons à Son Excel-

lence le jeu de nos savantes combinaisons. Vains efforts ! ou nos tableaux
étaient trop compliqués , ou son intelligence se refusait à nos démonstrations.
Sa raison irritée détache une vaste carte
de France ; Son Exellence l'étale sur
le parquet, et nous voilà tous cinq,
nous traînant de l'Arno aux bouches du
Weser , cherchant à plat ventre des
argumens pour et contre, au milieu-
desquels la voix de Son Excellence s'é-
levait *perçante et rude* comme celle
du coq de La Fontaine. Nous tenions
bon depuis une heure ; mais le ministre,
qui ne comprenait pas, continuait à
crier plus fort que nous, et tellement
fort, que sa femme épouvantée, dont
l'appartement était voisin , ouvrit précipitamment la porte avec la crainte visi-
ble que nous ne fissions un mauvais parti à son mari. Cette vue produisit sur
nous l'effet du *Quos ego...* On se tut ;

mais nous demeurâmes convaincus que Son Excellence n'avait pas compris le travail qu'elle allait expliquer à Sa Majesté.

Il n'en était pas ainsi de Napoléon : non-seulement il comprenait les travaux, mais il ne s'en trouvait guère où sa prodigieuse mémoire n'eût point d'erreurs à relever. Quelques jours après le départ des grands travaux qui lui étaient expédiés, on recevait des lettres telles que celle-ci.

« Saint-Cloud, le 8 floréal an 11.

» Ce qui me porte à beaucoup me
» méfier de l'exactitude de l'état de
» situation du 15 germinal (indépen-
» damment de l'observation que j'ai
» faite sur le 9ᵉ. de ligne qui, certaine-
» ment, n'est pas de 2,900 hommes),
» c'est que je vois à Paris le 4ᵉ. d'in-
» fanterie légère porté à 1,608 hom-

» mes présens, et 254 aux hôpitaux;
» le bataillon d'élite est porté comme
» déduit, ce qui ferait 2,400 hommes;
» *il y a erreur.*

» Vous sentez cependant combien
» il est important que les situations
» qui me sont remises ne contiennent
» pas d'erreurs de cette espèce. Il faut
» faire en sorte de ne me donner que
» des résultats sûrs. *On doit s'être*
» *aperçu que je lis ces états de si-*
» *tuation avec autant de goût qu'un*
» *livre de littérature.* »

En vérité, on demeure confondu en
voyant cette vaste tête, toute bourrelée
de hautes pensées politiques, d'immenses projets militaires, avoir encore
quelque coin dans le cerveau pour contrôler des tableaux, vérifier des colonnes,
relever des erreurs de chiffres, et faire
office de commis d'un ministère. Aussi
l'émulation de ceux-ci allait-elle jusqu'à

l'enivrement; cette correspondance les mettait, pour ainsi dire, en travail direct avec le maître absolu. Un souverain daignait descendre jusqu'à leurs chiffres, et contrôler leurs additions ! On conçoit que cet esprit d'investigation, partant de si haut, donnait une grande importance au travail et aux travailleurs. Voilà comme un simple *totaliseur* avait quelquefois ses entrées dans le cabinet du ministre. On s'appliquait, dans tous les degrés, à ne donner que des *résultats sûrs* tels que les voulait Napoléon. Chaque employé, assis à sa petite table, tremblait de commettre une erreur qui peut-être eût fait scandale aux Tuileries La férule de Napoléon semblait suspendue, comme l'épée de Damoclès, au-dessus de toutes les têtes de commis; chacun voyait en lui le chef de son bureau.

Il me souvient qu'un préfet moins

timide, dont le génie prenait en pitié
tant de détails, pensasse trouver fort
mal à l'aise de ses orgueilleux dédains.
Napoléon, dans la prévoyance de grands
mouvemens de charrois à exécuter vers
les Pyrénées, avait désiré un travail
statistique sur les bêtes de somme de
plusieurs départemens. Il fut prescrit
à quelques préfets de demander aux
maires un relevé du nombre de chevaux, de mulets, de bœufs, d'ânes
même, existant dans chaque commune, et d'en faire connaître le nombre pour leurs départemens. L'un des
commis d'une préfecture correspondait
et chiffrait depuis un mois, pour réunir laborieusement des résultats et les
envoyer au ministère, lorsque le préfet, esprit fort, le voyant suer sang et
eau pour additionner les bœufs et les
mulets, l'arrêta court. « Que faites-
vous là ? ne voyez-vous pas que cette de-

mande ridicule est la conception de quelque rêve-creux du ministère? qu'elle est sans objet comme sans utilité? Vous vous êtes donné là bien de la peine pour divertir MM. les employés de l'intérieur qui n'ouvriront seulement pas votre état de situation. Voyons vos colonnes; demandez et je répondrai.—Bœufs? — Écrivez : cinquante mille quatre cent quatre-vingt-cinq. — Chevaux? Quatre-vingt-un mille deux cent trente-trois. — Mulets? — Vingt-cinq mille six cents. — Anes? — Tant que vous voudrez. Cent mille..... Cachetez et faites partir. » Comme il devait arriver, ces chiffres d'invention furent fidèlement portés au rang alphabétique du département, dans l'état général destiné à Napoléon, qui ne manqua pas de mettre le doigt dessus, et expédia le petit ordre suivant :

« Ecrivez au préfet de..... que ses

» résultats sont absurdes, et ordonnez-
» lui de vous envoyer en communica-
» tion les états qu'il a dû recevoir des
» communes. »

Le malheureux préfet, qui redoutait
la disgrâce et la destitution, prit le bon
parti, dans une lettre confidentielle
au ministre, de conter ingénument la
chose. On en rit, il garda sa place, et
il en fut quitte pour la peur.

Cette vue produit sur nous l'effet du *quos ego*.

N°. VI. — 12 *juin* 1824.

SIXIÈME LETTRE

A MADAME.....

Chaque classe a ses mœurs. — L'importance, trait principal
des mœurs bureaucratiques. — Particule *je*. — Vous vous
appelez Durand. — Je n'ai pas le temps. — Les tabatières.
— Portefeuille rouge. — Police et discipline. — Les cartes
d'entrée. — La feuille de présence. — Les trois cents chapeaux. — Les vieux habits. — Sangsues de la bureaucratie.
— Le journal. — Le déjeuner. — Le restaurant du ministère. — Mésaventure d'un projet de loi.

TOUTE institution, tout établissement quelconque qui comporte des
réunions d'hommes, a pour effet d'introduire parmi eux des mœurs particulières et des habitudes locales. Ces

mœurs et ces habitudes se modifient
selon l'objet de l'institution, la durée
des réunions, la sévérité des règles qui
les gouvernent; selon la nature des occupations et des récompenses qui y sont
attachées.

C'est ainsi que les moines et les jé-
suites avaient leurs mœurs particulières,
et, si j'en crois ce que j'entends dire, l'occasion de les étudier va s'offrir à l'observateur, plus favorable que jamais; c'est
ainsi que les médecins, les juriscon-
sultes, les peintres, les ouvriers ont
des coutumes et un vocabulaire de cor-
poration. Le magister dont la férule
menace sans cesse le peuple mutin con-
fié à sa garde, vous dira que les écoliers
mêmes ont des mœurs qu'engendrent
l'exactitude de la cloche, les bancs du
réfectoire, les heures de la promenade,
celles de la récréation et du dortoir.
Il vous dira que cette nation est essen-

tiellement rusée, malicieuse ; que lorsqu'une faute est commise, il cherche
vainement à connaître le coupable,

Et quel doigt polisson
D'une adroite boulette a frappé son menton?

La gent bureaucratique a aussi ses
manières, ses usages. On ne se rend pas
dix ans au même lieu, on n'y dépense
pas, chaque jour, sept à huit heures
d'existence, sans recevoir l'impression
des localités. Parlons aujourd'hui de
ces manières non moins récréatives que
celles des médecins et des procureurs,
où Thalie est lasse de faire sa moisson.

Un des caractères les plus saillans et
les plus manifestes auxquels on reconnaît généralement l'agent salarié, c'est
l'*importance*. Ce vice, si essentiellement ridicule, qui sert presque toujours
surtout aux médiocrités et aux nul-
lités, est si commun parmi les porteurs

de brevets, qu'on serait tenté de croire qu'il leur est compté comme principale attribution. Cette *importance*, l'homme de talent même qu'enrôle le budget de l'État, s'en défend mal, et après quelques jours de service, si un miroir s'offre à ses regards, il s'y retrouve, à sa grande surprise, avec une physionomie plus sombre, une démarche plus composée; il a perdu en moyens de plaire et de persuader, tout ce qu'il a gagné en autorité.

Mais c'est virtuellement dans les bureaux que règne l'*importance*, et cela se conçoit : depuis l'expéditionnaire jusqu'au directeur, chacun y parle au nom du ministre. Le commis qui minute une lettre à un agent diplomatique, à un préfet, à un procureur du Roi, ou à un percepteur, emploie nécessairement l'orgueilleuse particule *je*, dont se gonflent toutes les plumes et toutes les bouches , *je vous recommande* , *je vous prescris*; *je vous ordonne* , voilà des phrases accoutumées où l'écrivain se persuade que sa volonté entre en communauté avec celle du ministre. Cette illusion est d'ailleurs entretenue par l'obéissance passive que rencontre l'ordre qu'il a transmis. Le chef de bureau , le sous-chef et le commis , sont donc portés à se croire des personnages qui règlent nos destinées. En effet , ce sont eux qui , au nom de son Excellence , mettent en mouvement la gendarmerie, les douaniers, les garnisaires ; dans les audiences qu'ils vous octroient, dans les renseignemens qu'ils vous donnent , leur vanité bureaucratique sent toujours l'appui de cette imposante escorte ; de là cette rectitude de corps , cette habitude de se tenir droit; de là ces airs empesés , et ce ton interrogatif que relèvent encore le mystère des pa-

ravens, le luxe des gros registres, l'épais-
seur des dossiers, et la gravité des fauteuils à bras.

Le pétitionnaire est écrasé du poids
de cette importance factice qui trouve
un inépuisable aliment dans les cartons
et la paperasse. Cette importance vit
de deux choses : l'ordre alphabétique
et la numération. Otez à un administrateur ses répertoires et ses numéros,
adieu son équilibre, sa force et son
aplomb : c'est Samson dépouillé de sa
chevelure ; c'est Antée à qui vous faites perdre terre ; mais un administrateur flanqué de son répertoire et de
son enregistrement, vous demande avec
hauteur votre nom, vos prénoms, et,
après avoir longuement feuilleté et re-
feuilleté, fier d'en avoir fait l'admirable
découverte, il vous dit : « Vous voilà ;
vous vous appelez *Durand*, » et il re-
hausse son col et sa cravate.

Il est un mot terrible dont s'arme l'importance bureaucratique, mot épouvantable, source de tous les délais et de tous les retards ; c'est le fameux *Je n'ai pas le temps*, cent fois plus célèbre et plus énergique que le *qu'il mourût*. Ce mot seul a ruiné des milliers de solliciteurs, et fait la fortune des traiteurs et des hôtels garnis. Il est surtout en usage dans les bureaux où l'on n'a rien à faire. J'en ai connu un qui se composait de sept personnes. Le chef étudiait le violon et, favorisé par la position sourde et lointaine de son cabinet, s'exerçait librement pendant les heures de séance, aux difficultés de l'art des Baillot ; le sous-chef prenait des leçons d'anglais ; des deux rédacteurs, l'un crayonnait la caricature, et l'autre arrangeait des vaudevilles de circonstance ; le commis d'ordre faisait des ouvrages en carton ; l'expéditionnaire des dessins pour broderie, et le garçon de bureau des vestes et culottes. Un solliciteur se présentait-il aux portes, il était accueilli par un vigoureux *je n'ai pas le temps*, qui était répété dans tous les rangs comme un commandement militaire. Il y avait dans ce bureau, pour articuler ces mots, un ordre et un ensemble admirables : aussi passait-il pour le plus occupé de l'administration.

L'importance des bureaux se produit sous beaucoup d'autres formes ; elle aime à *faire attendre*, et à peupler ainsi les couloirs et les anti-chambres. Pendant ce temps, on siffle, on tourmente le bec d'une plume, ou l'on conte une histoire au voisin. La tabatière est un meuble qui ajourne plus d'affaires que tous les tribunaux ensemble ; le loisir que se donne un employé pour tirer son mouchoir, pour

le développer du côté utile, préparer
à sa prise un logement net et commode,
ouvrir sa boîte, y plonger les doigts,
et aspirer la poudre de la régie, suffirait à mettre au courant tout l'arriéré.
Si le temps des administrateurs coûte
au gouvernement cent millions, les tabatières en consomment cinquante. Ministre des finances, je n'aurais pas demandé la prorogation du monopole des
tabacs jusqu'en 1840, mais bien la
prohibition de cette plante : il y aurait
eu là une économie notoire.

Pour ajouter à leur importance, les
administrateurs élevés en grade se font
accompagner d'un portefeuille qui ne
les quitte jamais. Ce portefeuille, en
maroquin rouge, où se lisent gravés
en lettres d'or ces mots, *Ministère
de....*, arrive et sort avec eux. Souvent
aussi libre que leur tête, ce portefeuille
entre et part absolument vide; mais les

attentions trompées imaginent que les secrets de l'état y sont déposés , et qu'une fois ouvert , tous les biens et tous les maux doivent s'en échapper. Savez-vous à quoi sert quelquefois ce portefeuille rouge ? A pourvoir la famille de ce grand administrateur de papier doré sur tranche fourni par le ministère, et dont les billets d'invitation de madame ont épuisé la provision.

Je voudrais bien que les ministres déchirassent cette toile d'*importance* dont se masque le théâtre des bureaux ; que, sans nuire à l'ordre, il y eût, dans les administrations, plus de liberté de circulation, moins de portes, moins de verrous et moins de garçons de bureaux ; qu'aux renseignemens que je demande on satisfît aussi honnêtement et aussi simplement que le bon négociant auquel je vais marchander une aune de

drap. Les affaires en iraient mieux et
plus vite, mais non; pour payer ma
patente et ma contribution personnelle,
il me faut faire un cours d'administration sur l'escalier du percepteur; il ne
reçoit qu'avec *importance* l'argent que
je lui porte sans façon, et je passe dans
ses bureaux pour un sot, si j'ai le malheur de payer au guichet de droite,
attendu que monsieur le fermier-géné-
ral ne reçoit qu'au guichet de gauche.

Les illusions de l'*importance* (que
sans doute nos auteurs comiques livre-
raient au ridicule s'il était permis de
mettre en scène un administrateur),
dédommagent les bureaucrates de la
sévérité des règles de police et de discipline auxquelles ils sont assujettis.
Chacun, pour entrer au ministère, doit
présenter une carte où sont inscrits son
nom, son grade, et la division à laquelle il appartient. Je n'aime ni les

cartes ni les médailles. Ces signes ra-
valent l'intelligence humaine; la mémoire suffit à un concierge pour ne
point confondre un employé avec un
solliciteur. Que le pâtre imprime une
marque rouge sur la laine de ses moutons et de ses mérinos, rien de mieux;
des troupeaux peuvent se confondre;
mais les hommes ne craignent pas le
hasard de ces mélanges et, pour dis-
tinguer ceux qui paient de ceux qui
sont payés, il n'est véritablement pas
besoin de signes particuliers. Cependant le concierge a l'ordre de ne point
laisser entrer l'employé qui ne lui présente pas la carte obligée. Cette sévérité force quelquefois les commis
zélés à retourner sur leurs pas pour
aller chercher les cartes qu'ils ont ou-
bliées ; les paresseux , au contraire ,
s'applaudissent de cette rigueur qui
leur prépare une excuse toute na-

turelle à l'absence qu'ils vont faire :
sûrs qu'on leur refusera la porte, ils
font de l'omission un calcul, et se fient
à elle du soin d'obtenir de petits congés.

Il est vrai qu'à cette mesure de pré-
caution, quelques ministres à grandes
vues ont ajouté un terrible auxiliaire :
je veux parler des *feuilles de présence.*
On doit arriver au bureau à neuf heures; mais par quel moyen contraindre
un employé qu'un embarras de voitures peut arrêter en chemin, à se
trouver à son poste à la minute ? Le
voici : une feuille, où sont imprimés
les noms des employés, doit, à neuf
heures précises, avoir été émargée de
chacun d'eux. Quand neuf heures sonnent, elle est portée au secrétariat où
l'on pointe les absens. Je souhaite que
cette rigueur outrée ait cessé d'être
mise en pratique; mais elle a très-
certainement existé. Les ministres qui

l'emploient la corroborent d'une pénalité propre à en assurer l'exécution.
Cette pénalité consiste en amendes savamment graduées qui, à la fin de
l'année, viennent en déduction des gratifications. J'ai vu de pauvres employés
recevoir pour gratification vingt-cinq
absences.

Ces ruses pédantesques font le tour-
ment des commis. Leur zèle, toujours
en état de suspicion, n'a plus que l'exactitude pour point de mire. Quand
un ministre a recours à ces singuliers
moyens d'attraction, les employés font
consister tout le mérite de l'état dans
de bonnes jambes et une montre bien
réglée. La ponctualité est sans doute
une qualité; mais c'est le travail et la
valeur du travail qu'il faut avoir en vue,
car si la question du temps que l'on
passe devant une table est la question
principale, il faut substituer aux cinq

cents employés d'un ministère autant
de statues, et donner des appointemens
à l'immobilité.

C'est un fait à remarquer, qu'en
toutes choses l'extrême sévérité pro-
voque la désobéissance. La mesure
des feuilles de présence réussit bien à
peupler les bureaux à neuf heures ; mais,
comme il suffit d'être là au moment
voulu, l'employé s'échappe peu après
en laissant quelque témoin de sa présence, un chapeau, par exemple ; de
telle sorte qu'il est constaté que l'on est
arrivé à neuf heures, mais évident qu'on
a décampé à dix heures et demie. Le
ministre qui, le premier, imagina la
feuille de présence, et qui s'applaudis-
sait de la ponctualité de ses subor-
donnés, fut piqué d'apprendre un jour
que le secrétaire général, en tournée
dans les bureaux, de midi à deux
heures, avait trouvé trois cents chapeaux

et pas un employé; mais le ministre n'était pas homme à rester court en fait de mesures derigueur: il inventa de faire circuler la feuille de présence à midi, à deux heures et à quatre heures. Qu'arriva-t-il? qu'on se trouvait juste au bureau à ces trois époques du jour; mais que, dans leurs vastes intervalles, on n'y rencontrait personne. C'est que ce qui est ridicule, absurde ou violent, ne cesse jamais de l'être : l'histoire de ma feuille de présence est celle d'une mauvaise loi ou d'une mauvaise ordonnance. Dans tout ce qui règle le sort des hommes, la liberté doit entrer pour quelque chose.

Le costume des employés est l'enfant du caprice ou des moyens de chacun d'eux. Autrefois l'usage leur avait imposé un uniforme : tous portaient le frac noir et l'épée; ceci dispensait des cartes d'entrée. Maintenant les com-

8 *

mis s'habillent comme ils le veulent,
ou plutôt comme ils le peuvent; pourtant ils sont généralement coquets et
soigneux de leur costume. Il en est peu
qui n'aient point, au bureau, une petite garderobe à l'usage des heures de
séance; elle se compose ordinairement
de bouts de manche en toile verte,
très-propres à préserver les paremens
du frottement des tables, ou d'un vieil
habit qu'ils endossent en arrivant. Quelques-uns de ces vieux habits seraient
d'excellens conseillers d'état : ils ont vu
le directoire, le consulat, l'empire; et,
après s'être usés au service de ces gouvernemens usurpateurs ils travaillent
aujourd'hui avec une expérience plus
mûre pour le gouvernement légitime;
leur indigo a blanchi sous l'effort du
temps; et, chargés de cicatrices, tout couverts de plaies révolutionnaires, fermées
par l'aiguille du garçon de bureau, ils

traînent encore leurs longs services sur la poussière des destitutions que leurs vieilles manches ont expédiées.

Malgré les millions que la bureaucratie coûte aux contribuables, les commis sont presque toujours gênés. D'abord, ce sont les chefs et non les employés qui reçoivent les gros traitemens. Il est donc très-rare qu'un commis soit au courant de ses dépenses. Comme les meilleurs gouvernemens, il a toujours un arriéré ; mais malheureusement il n'a pas comme eux, pour le liquider, le secours des déchéances et des emprunts ; il faut alors prendre les appointemens d'avance et consommer l'avenir. Beaucoup d'obscurs fournisseurs spéculent sur cet état de gêne de la majorité des commis, et sont toujours là pour leur offrir à crédit, sous la forme de circulaire ou de prospectus, du vin, du drap, du bois, et toutes les nécessités de la vie. Ces sangsues de la bureaucratie acceptent des délégations sur les appointemens du pauvre employé, et le jour de paiement font le siége régulier des ministères. C'est à ces avides créanciers que le concierge devrait demander une carte d'entrée; mais le cerbère leur fait accueil, et pour eux seuls ses trois gueules ne sont jamais béantes.

J'ai cru remarquer que la gêne des employés tient à ce qu'ils reçoivent un traitement fixe. Les éventualités dans les revenus sont des causes d'ordre et d'économie; on dépense au contraire tout ce qu'on est certain de recevoir. Un commis appointé à dix-huit cents francs règle là-dessus sa dépense, et fait quelquefois son budget tout aussi largement que celui de l'état; mais le petit commerçant, l'artiste ou l'ouvrier à qui la fortune se présente inégale, capricieuse, savent jeûner quand elle boude, et dîner quand elle sourit. Dans ces heureux momens, ils ont quelquefois un excédant qui fructifie ; un commis ne jeûne jamais : il croit de la meilleure foi du monde, qu'il a dix-huit cents francs pour dîner tous les jours.

Il est à l'uniformité et à l'ennui des heures de séance quelques allégemens, quelques moyens de diversion. Les plus vifs sont la lecture du journal et le déjeûner. Le journal, je dois l'avouer, enlève au gouvernement presque autant de temps que la tabatière. Nulle part il n'est lu et commenté avec autant de soin que dans les administrations ; nulle part aussi il n'est moins dispendieux. Tous les commis du même corridor se cotisent pour réunir dix-huit francs ; et vingt souscripteurs couvrent sur-le-champ de leurs signatures et de quatre-vingt-dix centimes la feuille de

proposition d'abonnement pour un tri-
mestre. Chacun lira donc le journal
depuis le titre jusqu'au cours de la
Bourse, moyennant un centime par
jour. Il en coûte le quintuple sous les
parapluies politiques des Tuileries et
du Palais-Royal. Le sort désigne ensuite le nom de celui auquel le journal
sera adressé, et le nom, plus heureux,
de celui qui restera propriétaire et fera
collection. Jadis cette cotisation était
précédée de grands débats sur le choix
du journal. Le mérite seul de la feuille
était mis en discussion, et chacun, sans
craindre de se compromettre, disait
librement et hautement son avis. Aujourd'hui l'opinion interdit aux commis cette innocente polémique, per-
mise seulement aux bergers de Virgile,
amant alterna camœnæ : il n'y a de
choix possible qu'entre le *Moniteur* et
l'Étoile. On voit généralement préférer

le *Moniteur* dans les bureaux chargés
du matériel et de la comptabilité. Là
les emplois ont quelque stabilité : il y
faut des hommes spéciaux qu'épargnent
quelquefois les épurations ; mais les journaux fanatiques sont privilégiés dans
tous les bureaux du personnel où les
emplois sont mobiles : chacun y frémit
constamment pour sa place, et cherche, dans les moindres détails, à affi-
cher un dévoûment fanatique. Ce n'est
pas que ces feuilles exaltées flattent les
regards ministériels ; mais elles servent
comme de bouclier contre la destitution : un directeur n'oserait pas réformer un employé abonné à telle gazette
qui compte dans les ministères autant de partisans qu'il y a de commis
qui craignent de perdre leur place. Ils
disent en tremblant que ses articles lit-
téraires sont excellens, en frissonnant
que ses doctrines politiques sont très-

saines, et elle voit aller croissant ses abonnemens de peur, et ses renouvellemens d'effroi.

La lecture du journal se mêle quelquefois aux douceurs du déjeûner, qui heureusement n'a pas encore trouvé de signes représentatifs de l'opinion : la cerise n'y est point réputée libérale, le lait n'y passe point pour ultrà, ni le jambon pour ventru : chaque commis, sans craindre pour son traitement, peut, selon ses moyens, choisir entre les mets que préfère son appétit. Les employés économes et rangés, apportent chaque matin, leur déjeûner : c'est très-souvent un petit pain escorté d'un fruit de la saison, lequel sera arrosé par la liqueur vermeille contenue dans de petites bouteilles d'osier qui ont circulé sous la redingote sans passe-de-bout et sans acquit-à-caution. Les prodigues vont au café voisin, où ils se permet-

tront le beefteck ou la tasse de chocolat ;
mais la plupart des commis se reposent
du soin de leur déjeuner sur la cuisine
du concierge qui tient tout exprès un
restaurant. Là , de onze heures à midi la
fumée de la saucisse et du pied de co-
chon s'exhale en un nuage épais qui cou-
ronne les portiques du ministère. Une
Bourguignonne, que le concierge a soin
de choisir jeune et vigoureuse, est chargée de porter à chacun le mets dont
son appétit a fait choix. Elle l'enveloppe souvent de vieux papiers du ministère que le hasard a rassemblés chez
le concierge ; alors le commis étonné
retrouve , sous l'angle aigu du fromage
de Brie , quelques phrases d'une circulaire avortée ; sous la tranche de
jambon , quelques paragraphes d'une
lettre qu'il adressait à un préfet, et que
son chef a raturée. Des propos , échan-
gés entre la pourvoyeuse et les consom-

mateurs, font un moment diversion à
ces souvenirs administratifs, et le repas
commence. L'assiette, la fourchette et
le couteau pèsent de tout leur poids
sur l'ordonnance commencée, ou sur
le projet de loi en ébauche où le jus
épanché d'une côtelette malencontreuse
efface un article que la chambre votera
à une majorité de quatre-vingt-treize
voix. Rome eût pris cet accident pour
un augure; mais le ministère, qui n'est
point superstitieux, n'en tiendra aucun
compte.

Je n'ai pas le temps.

SEPTIEME LETTRE

A MADAME....

———◦◦◦◦———

Retraite d'un ministre. — Sujet digne de la muse comique. —
Un ministre est une sorte de demi-dieu. — Querelle avec la
mort. — Malaise. — La fièvre est dans l'hôtel. — Épouvante
générale. — Surnuméraires en goguette. — Les 86 départemens. — Dîner. — Absence de deux députés du centre. —
Le ministre va au château. — J'ai dîné chez votre successeur. — Le tour du carrefour. — Le secrétaire intime. —
Sensibilité. — Épuration nocturne. — Papiers inutiles, papiers à emporter, papiers à brûler — Ordonnance royale,
— Commentaire du Moniteur. — Article biographique. —
— J'étais encore ministre !

Vous désirez que je vous trace le
tableau de ce qui se passe dans l'intérieur d'un ministère, au moment de
la retraite d'un ministre. Vous avez pro-

lité, je le vois, à la lecture de mes premières lettres ; vos idées se sont formées, elles
sont devenues mûres ; vous voulez maintenant appliquer les connaissances acquises. De plus, le sujet où vous m'en-
fermez aujourd'hui ne manque pas
d'à-propos, et, avant tout, il faut *de
la circonstance*. Mais savez-vous que
c'est exiger beaucoup ? Pour reproduire
avec fidélité les circonstances d'une chute
prochaine, les regrets convulsifs d'une
disgràce consommée, et les chocs d'intérêts divers qu'engendrent ces sortes
de catastrophes, la muse comique aurait
besoin de toutes les couleurs dont sa
palette est chargée. Il ne lui est pas
permis d'y puiser, vous le savez. L'un
de ses plus chers favoris raconte deux
fois le mois, dans des *Lettres sur les théâ-
tres*, les désastres de notre Thalie, et
les interdictions dont elle est frappée ;
il la représente hélas ! telle qu'elle est,

comme une reine, errante, proscrite, à
qui il nous est défendu de fournir le
pain et l'eau. Vainement il implore
pour elle des lettres de grâce, ou la
faveur de quelque amnistie ; la finesse
de ses prières, l'élégance de ses suppli-
ques, et l'énergie de ses vœux ne peuvent réussir à suspendre l'action des
ciseaux mutilateurs. Orphée attendris-
sait les divinités infernales ; la censure
n'a pas même la pitié de Pluton, ou la
sensibilité de Cerbère.

Toutefois ces feuilles légères peuvent encore servir de refuge à quelques
traits d'observation. Le sujet de commande où vous contraignez mes pin-
ceaux n'est pas nouveau pour eux : ils
s'y sont long-temps exercés, et ils n'auront guère qu'à copier des esquisses dès
long-temps ébauchées.

Il faut avoir tâté du ministère pour
se former une juste idée de la suprême

douleur que l'on éprouve à le quitter.
Un ministre est une sorte de demi-dieu,
à l'immortalité près. Il commande, et
chacun plie devant ses volontés ; même
sous le plein exercice de la Charte, il
sent rarement la limite de son autorité.
Les frontières du pouvoir, quelle que
soit l'harmonie de son équilibre, ont une
certaine mobilité, et reculent au gré
d'une adroite ambition. L'atmosphère
où vit un ministre n'est point celle où
respirent les autres hommes : elle est
toute parfumée d'encens ; les poumons
y sont libres et sonores ; elle donne au
corps de la souplesse et de l'élasticité,
aux mouvemens de la justesse et de la
précision. Comme les objets aperçus
dans l'eau, cette atmosphère raccourcit
l'homme aux regards des ministres ; et,
quelque petite que soit la taille d'une
excellence, la tête de ses semblables
lui va rarement plus haut que la cuisse.

Enfin un ministre est là comme en un bain de vapeur où il transpire le bonheur et la joie.

Le jour où cette délicieuse illusion se dissipe, le jour où le demi-dieu est contraint à se faire homme, il éprouve des angoisses, des déchiremens impossibles à peindre. Il est dans la violente situation de ces corps vigoureux qui meurent et ne veulent point mourir; qui sentent que la nature leur fait tort de trente années, et se dressent sur leur séant pour quereller avec la mort. L'âme de son excellence éprouve les mêmes convulsions : elle se cramponne à la vie ministérielle.

L'heure de la disgrâce a déjà sonné; le ministre seul ne l'a pas entendue. Lorsque les choses commencent à en venir à ce point, la présence du ministre gêne les assistans, contraint les entretiens; et, sans trop savoir pourquoi, son

Excellence s'importune elle-même. Elle éprouve une inquiétude *vague, mais réelle*, qu'elle ne définit pas encore bien; elle est mal à son aise, et l'espèce d'étonnement, de surprise qu'elle ressent, ne tarde pas à produire ses effets. Cette dévorante activité qui se manisfestait par des notes *urgentes*, des circulaires *incitatives*, des *coups de fouet* aux autorités; cette ardente ambition qui se soulevait sur la pointe des pieds, et tendrait les bras pour atteindre au brevet de duc, font place à une subite mélancolie qui tire les traits de Son Excellence, et allonge sa physionomie. Elle ignore ce que tout le monde soupçonne; et dans son aveuglement elle se croit indisposée : elle attribue à l'influence de la saison la gêne qu'elle éprouve. Toutes ses pensées la reportent à la verdure; elle parle des douceurs de la campagne, du murmure des ruisseaux, du

bêlement des agneaux ; elle introduit
de l'églogue dans ses ordonnances et de
l'idylle dans ses projets de loi.

Cependant l'anxiété gagne les gens
attachés à sa personne : le gros huissier
fait part de ses conjectures au valet de
chambre ; celui-ci les communique au
maître-d'hôtel ; elles redescendent bientôt aux femmes de charge, aux con-
cierges, aux marmitons et aux valets
d'écurie : tous perdent la tête ; le bon
sens des domestiques semble aussi me-
nacé de destitution. Le service se fait
tout de travers : Son Excellence a demandé des escarpins, le valet de chambre lui apporte des bottes à éperons.
Madame avait commandé une robe de
cour, ses femmes lui apportent une
robe de bal. Le maître-d'hôtel oublie
qu'il a vingt couverts de supplément.
On est obligé de faire demander au
concierge les journaux qu'il a négligé

d'apporter. Les palefreniers ne s'aperçoivent point que l'avoine manque aux
chevaux qui, participant eux-mêmes à
l'inquiétude générale, rongent le frein
et frappent impatiemment du pied.
Enfin, tout ce personnel de valetaille,
où il n'y a plus ni ordre, ni dextérité,
se coudoie, s'entre-cogne. La maladie
de son Excellence gagne tous les étages,
la fièvre est dans l'hôtel.

De leur côté, les quatre à cinq cents
bureaucrates qui composent le ministère sont dans une extrême agitation;
car la chute d'un ministre leur amène
inévitablement un autre maître. Ces
pauvres commis sont en proie à toutes
les convulsions des monarchies électives.
Chaque ministère est pour eux une autre Pologne déchirée par les mille pré-
tentions de mille usurpateurs. Dans ces
circonstances critiques, il s'établit un
service de communication très - actif

entre les bureaux et le secrétariat-gé-
néral. La curiosité prête aux commis
ses jambes infatigables ; ils vont se
chercher partout où ils ne doivent pas
être. Le premier bureau est au second
bureau, et le quatrième au troisième.
Chefs, sous-chefs, employés, ne par-
lent plus que par questions : tous ont
des points d'interrogation sur les lèvres.
L'épouvante est générale ; les surnuméraires seuls sont en goguette.

Mais le courrier qui, comme la renommée, va porter au loin les nouvelles, répand bientôt dans les quatre-
vingt - six départemens le bruit du
prochain changement. Vingt préfets et
cinquante sous-préfets, nommés par l'influence du ministre qui va succomber,
voient leurs couronnes cantonales et
départementales prêtes à leur échapper. Un demi-millier d'anciens salariés destitués rédigent déjà des péti-

tions pour ressaisir leurs petits trônes usurpés , et courent après l'apostille. Les uns se jettent dans la diligence , les autres encombrent la malle-poste de leurs personnes , de leurs paquets et de leurs espérances.

Une semaine a suffi à tous ces mouvemens. On n'ose pas en avouer la cause au ministre qui a la bonhomie de les attribuer aux sourdes menées du *libéralisme* et du *carbonarisme*. Il ne voit pas encore le précipice : il a pris quelques tasses de bourrache, il a tâché de transpirer , et croit qu'il est mieux ; il est résolu à faire bonne contenance au dîner.

Le couvert est mis pour trente personnes : deux évêques , deux généraux, quatre préfets en congé , deux receveurs , un missionnaire , six barons , six marquises, six députés et un gentilhomme de la chambre. Tout le monde est arrivé, à l'exception de M.*** et de M.***, députés du centre. Cette absence, tout inaccoutumée, inquiète Son Excellence. Deux fois on est venu avertir qu'elle était servie ; elle regarde aux croisées. M.*** et M.*** n'arrivent point. Plus de doute. Le ministre prévoit sa disgrâce ; le rouge lui monte à la figure, il commande les chevaux , annonce qu'il va à la cour. Vainement sa femme cherche à le retenir et à lui persuader qu'il a la fièvre : il quitte brusquement la salle à manger , s'élance dans le carrosse ; le chasseur fait tomber rapidement le marche-pied de l'élégant coupé ; Son Excellence est dans la voiture , et les coursiers , au galop, emportent au Louvre le ministre et ses inquiétudes.

Dans ce court trajet que dévore son impatience , les battemens de son cœur croissent de vitesse ; les pulsations ont triplé. Il descend , il monte , il étouffe.

Les appartemens sont déjà encombrés par une foule chargée d'or et de broderies. L'huissier de service barre la porte du salon de réception. Le barbare sait déjà que le portefeuille n'est plus aux mains du ministre, et lui demande comment il doit l'annoncer ? Cette homicide question déchire le voile qui couvrait encore les yeux de l'homme d'état.—« Annoncez, dit-il, M. le vicomte de.... » — Il entre ; à ce nom la foule recule épouvantée. La tourbe des courtisans, étonnée de la témérité de la démarche, échappe à la rencontre de l'ex-ministre : chacun se dérange encore à son aspect, mais ce n'est plus que pour l'éviter.

Il va se retirer, lorsqu'il est abordé par l'un des députés qui manquaient à son dîner, et qui lui confirme la nouvelle de son remplacement. — Mais en êtes-vous bien sûr ? reprend l'ex-ministre. — La nouvelle est certaine, réplique froidement le député ; j'ai dîné chez votre successeur.

Rien, comme vous le voyez, n'est plus affreux et tout à la fois plus comique que cette agonie du pouvoir.

Un ministre avait travaillé, le matin, avec le prince. Un monarque est homme de cour et sait trop bien vivre pour dire à son ministre qu'il le renvoie. Le travail s'était donc passé comme à l'ordinaire, à cela près que le prince, par pure urbanité, avait félicité son ministre sur l'habileté avec laquelle il tenait le portefeuille. Le prince avait même ajouté, en posant la plume : Monsieur le baron ou monsieur le marquis, je suis content de vous. »

Un homme d'état, tant soit peu exercé, se serait demandé compte de ces félicitations, et, dans la situation des choses, leur aurait trouvé une couleur inquiétante; mais cette maudite atmosphère dont nous avons parlé, cette atmosphère qui sent si bon, ne permet pas à notre ministre de voir juste; et il revient plus gonflé que jamais, gros, gras et boursouflé comme une excellence à vie.

On se met à table. Le ministre est d'une gaieté folle, la joie est franche, l'impulsion est donnée : on oublie l'étiquette, on cause, on raconte, on s'amuse; on jurerait qu'on n'est pas chez un ministre.

Le roulement d'une voiture qui double la porte cochère se fait entendre. Le pied des chevaux est impétueux et royal. Le ministre écoute : on ne rit plus.

Le premier valet de chambre entre précipitamment, et annonce, à l'oreille de Son Excellence, M. le comte de...,

qui demande à parler au ministre de
la part du prince.

La gaieté fuit à tire d'aile par la
porte encore entr'ouverte, et Son Excellence se hâte de passer dans le cabinet particulier, où la figure de M. le
comte de...., triste, embarrassée, lui
apparaît comme un spectre réclamant
sa proie. — Monsieur le comte, qu'y
a-t-il pour le service du prince? — Sa
Majesté m'a chargé de vous redemander le portefeuille. — Que dites-vous,
monsieur le comte? Il y a erreur. —
Quelque pénible que soit pour moi la
tâche que m'impose Sa Majesté, mon
devoir est de la remplir. — Cela est
impossible, monsieur le comte. — Il
m'en a trop coûté de l'exprimer une
fois; de grâce, ne m'obligez point à
répéter..... — Impossible, vous dis-je;
permettez-moi de vous redire les té-
moignages satisfaisans que le prince a

9*

prodigués ce matin même à mon travail. — Vous n'ignorez pas que les princes.... — Je ne puis le croire : vous avez
mal entendu les ordres de Sa Majesté,
et je réclame de votre amitié de vouloir bien vous les faire redire. — Cette
démarche..... — Je vous la demande en
grâce.

M. le comte, feignant de céder à ce
vœu d'un mourant, remonte en voiture et crie à haute voix à son cocher :
A la cour ! Les chevaux sont partis ;
mais l'inquiétude du ministre

.... Monte en croupe et galoppe avec eux.

Il a déjà ordonné à un coureur de sui-
vre les traces de la voiture, et de ne la
point perdre de vue.

En moins d'un quart d'heure le coureur est de retour : « La voiture, dit-il,
n'a pas été au château ; elle a fait le
tour du carrefour : la voici. — Je m'en

doutais, s'écrie l'ex-ministre; le comte
a agi en homme d'esprit. » Celui-ci se
présente pour la seconde fois : « J'ai vu
le prince, dit-il, et il m'a confirmé la
fâcheuse nouvelle..... — Il suffit, voici
le portefeuille. »

Ce sont là des scènes qui, à chaque
nouvelle disgrâce, se reproduisent plus
ou moins diversifiées par les circonstances du moment.

Il faut quitter l'hôtel : notre ministre
est trop certain que l'ordonnance qui
le congédie sera demain dans le journal officiel. Il ne s'agit plus que d'em-
ployer la nuit utilement.

Madame est au lit. Dans la situation
de Son Excellence, c'est une circonstance heureuse. Rien n'est plus pénible, en effet, que d'apprendre à une
femme qu'elle est destituée.

Le ministre rentre donc à pas de loup.
Un laquais, auquel il a ordonné d'échan-

ger l'orgueilleux candélabre contre une
modeste lanterne sourde, marche tristement derrière Son Excellence, et l'ac-
compagne jusqu'à son cabinet par l'és-
calier dérobé. « Laissez - moi, » dit-il.
Un coup de sonnette des plus vifs éveille
en sursaut le secrétaire intime : il rêvait
que Son Excellence était remerciée, et
rend grâce, pour la première fois, à la
clochette qui vient de dissiper ce cau-
chemar.

Il ouvre la porte. Le ministre, les
bras croisés, arpente en diagonale le
cabinet particulier. Dans l'anéantisse-
ment où il est plongé, il n'aperçoit pas
ce fidèle et discret secrétaire qui déjà
lui a dit deux fois : « Me voici, Monsei-
» gneur. »

Rien ne rend sensible comme l'adver-
sité. Dans l'infortune le cœur s'ouvre
de toutes parts. On a beaucoup parlé
de la brusquerie de certains ministres ;

il y en a même qui ont cherché à se
faire des réputations d'ours. Demandez
au plus bourru dans quelle disposition
d'esprit il s'est trouvé le jour où il a
appris sa disgrâce? Il vous dira qu'il
éprouvait le besoin de serrer affectueu-
sement une main humaine, de fondre
dans les bras d'un semblable, et de bai-
ser tendrement un visage quelconque.
La maîtresse d'un ministre devrait tâ-
cher, dans ce moment-là, de se trouver sur son passage.

Son Excellence sort de sa rêverie;
elle regarde un instant en silence le secrétaire intime et lui tend la main;
celui-ci allonge timidement la sienne.
Cette première effusion soulage un peu
Son Excellence; sa glande lacrymale,
que dix-huit mois de fonctions avaient
desséchée, fait pression sur une larme
qui parvient à se faire jour. Le bon secrétaire n'y tient plus : il a quelque ha-

bitude et s'aperçoit, hélas ! qu'il n'a pas
rêvé. La sensibilité le gagne : il pleure
à chaudes larmes ; il suffoque ; ses san-
glots vont faire scandale ; Son Excellence est obligée de le consoler. — « Je
» penserai à vous ; je n'oublierai pas les
» services que vous m'avez rendus ; mais
» le temps presse ; il faut *épurer* ce
» cabinet ; mettons - nous à l'ouvrage.
» Dites à Germain et à Félix de profi-
» ter de la nuit pour emballer mes ef-
» fets. Demain, à sept heures, je pars
» avec ma famille pour mon hôtel du
» faubourg Saint-Germain. »

L'ordre est aussitôt donné à tous les
domestiques de se mettre à l'emballage,
et de faire le moins de bruit possible. En
un instant on aperçoit à chaque fenêtre, à chaque lucarne, la lueur d'un
flambeau. Intendans, maîtres-d'hôtel,
cochers, marmitons, tous font office de layetier. On a mis en réquisi-

tion les paquets de ficelle. On empaquette, tant bien que mal, tout ce qui doit être emporté. On fait des paquets à la cave, au rez-de-chaussée, au premier, au second, et jusque sous les toits. Dans ces momens de crise, on n'a pas le temps de consulter l'inventaire. Il s'établit un peu de confusion entre les effets du ministère et ceux de Son Excellence. Partout on ploie, on roule, on enveloppe; malheur à l'inconnu qui se serait égaré dans les corridors! il serait emballé vif.

Un feu des plus actifs a été allumé dans le cabinet du ministre; il s'y est enfermé avec son secrétaire intime. Là tous deux passent une partie de la nuit à faire une revue générale des cartons et des papiers. Cette opération est importante; elle a ses règles et ses principes. On fait trois tas :

papiers inutiles;

papiers à emporter ;

papiers à brûler.

On range parmi les papiers inutiles les *vues d'améliorations* et les *projets d'économie*. On laisse toujours cela à son successeur.

Les papiers à emporter se composent de rapports confidentiels sur le personnel, et principalement de *notes secrètes*. On n'a dit que la vérité, mais alors on était payé pour cela, et il ne faut pas se faire d'ennemis gratis. On emporte encore, et cela très-soigneusement, des protestations faites au ministre *en place* par M. le duc, par madame la duchesse. On ne sait pas ce qui peut arriver, et ces témoignages-là, dans une autre occasion, serviront de points d'appui. Enfin on emporte certains travaux d'ensemble, ouvrage de quelque bon commis, où sont analysées toutes les ressources du ministère, et qui pourront, au besoin, aider à la critique de l'administration du nouveau ministre.

On brûle une multitude de petites situations, de petits états qui mettraient trop promptement le successeur au courant du travail ; on brûle la minute d'un discours inédit de son excellence à la chambre des députés ; on brûle un projet de règlement sur le *rappel à l'ordre*, le manuscrit d'une petite brochure sur *les inconvéniens des chambres parlantes*, une foule de documens où les circonstances nouvelles semblent faire ressortir des contradictions ; on brûle enfin des demandes de places et des dénonciations. La flamme s'élance de tous côtés : c'est un feu d'enfer.

Voilà comme un ministre disgracié met de l'ordre dans ses papiers. Il a fini. Cinq heures du matin viennent de sonner. Son Excellence tombe sur

le canapé du cabinet particulier, et,
pour la première fois, le duvet de son
double coussin lui semble dur. Pendant
deux heures, elle se retourne sur le dos,
sur l'estomac, sur les flancs gauche et
droit pour chercher le sommeil; elle
allait dormir lorsqu'arrive le réveil-ma-
tin que voici :

Louis, par la grâce de Dieu, etc.

(Suit l'acceptation de la démission.)

Louis, par la grâce de Dieu, etc.

(Suit la nomination du nouveau ministre.)

La partie officielle du *Moniteur* a
appris au monde bien des désastres;
mais jamais elle n'en a fait retentir aux
oreilles d'un ministre de plus épouvantables que ceux qu'il trouve dans ces
ordonnances de remplacemens. Combien ont lu le vingt-neuvième bulletin
d'un œil sec, qui ont senti leurs larmes
couler pour un nom mis à la place du

ur ! On apprend sans frémir l'anéan-
sement de cent cinquante mille hom-
es, mais la perte de cent cinquante
ille francs se peut-elle supporter ?
Il est sept heures du matin. Le mi-
stre a déjà relu deux fois les deux
donnances. Ce n'est qu'un protocole,
cependant chaque mot, chaque vir-
le, fournit à son mécontentement le
et d'un long commentaire. Il y a
ig-temps qu'il ne s'impose aucune
ntrainte devant son secrétaire in-
ne. Il s'explique à peu près en ces
mes sur l'une et l'autre ordonnance,
forçant le *Moniteur,* qu'il mutile
re ses doigts, à subir les mille tor-
es dont son âme est déchirée :
« *Nous avons ordonné !* Croirai-je ja-
is que ce soit le roi qui ait ordonné
te injustice ? Il fallait mettre, *l'in-
ţue a ordonné.* Qu'en pensez-vous,
nsieur ? — Ah ! Monseigneur ! — Je

sais d'où part le coup : il vient du comte
que ma fermeté incommode ; moi seul
lui résistais au conseil ; tous les autres
saluent son avis. Il n'y avait de tête
que sur mes épaules. Les sots n'ont pas
vu qu'ils ne tenaient que par moi ; il
les fera sauter tous ; il les ménage encore ; mais une fois qu'il tiendra le
budget... Croiriez-vous qu'il tranche du
diplomate ? Il m'a serré la main hier,
mais ma destitution était écrite dans
ses regards, et je l'avais devinée. —
Qui pourra, après Monseigneur, sup
porter le fardeau d'un ministère si
important ? — Moi ? j'en suis incapa
ble : lisez l'ordonnance : *ma santé ne
me permet pas*. Quelle insultante iro
nie ! Je vous demande si jamais je ne
suis mieux porté. Ai-je rien dit, rien
fait qui pût faire soupçonner que je fus
malade ? M'a-t-on vu, pendant la session
interrompre mes dîners ? N'en ai-je p

onné six par semaine? Certes, j'y
rêchais d'exemple et ne faisais point,
omme tant d'autres, semblant de man-
er ; mais remarquez ceci : *ayant agréé
ι démission.* Vous me connaissez :
n'avez-vous entendu quelquefois parler
le démission ? — Jamais, Monsei-
ɟneur. — Jamais : mon dévouement
tait trop connu, trop éprouvé ; j'aurais
)éri au poste où la confiance du roi
n'avait appelé. Plutôt que de donner
na démission, on m'aurait arraché du
ministère, oui, monsieur, arraché en
morceaux. — Le courage de Monsei-
ɟneur est connu. — Et c'est le prési-
lent du conseil des ministres qui se
charge (*montrant le Moniteur*), vous
le voyez, ce n'est pas moi qui l'invente,
qui se charge d'exécuter cette ordonnance ! — Son nom n'est là que pour
la forme. — *Donné à Paris, au château des Tuileries !* il fallait mettre :

donné rue d.... à l'hôtel du comte. Au surplus, c'est à tort que je m'offenserais; cette seconde ordonnance justifie la première. Quand monsieur.... arrive au ministère, il est clair que je ne saurais y demeurer. Vous connaissez sans doute les titres de mon successeur ? — Monseigneur.... — Eh ! qui ne les connaît pas ? ils datent de 93, de la Convention et du Conseil des cinq cents; voué ensuite au Directoire, le premier consul en a hérité, puis Napoléon, puis le gouvernement royal, puis encore Napoléon, puis encore le gouvernement royal. »

Cette biographie impromptu du successeur a soulagé le cœur de Son Excellence; pendant ce discours, le Moniteur, qui n'en peut mais, s'est changé, sous ses doigts, en une boule parfaite; elle échappe aux mains de Son Excellence qui, se trouvant ainsi sans occupation, retombe dans un accès de tendresse pour son secrétaire intime.

En quittant le ministère, je compte, lui dit-elle, au nombre de mes chagrins les plus cuisans, celui que j'éprouve à me séparer de vous. Je vous ai ménagé un abri. Voici votre nomination de chef de bureau: elle est datée d'hier. (*Avec un soupir*). J'étais encore ministre!

N°. VIII. — 10 *juillet* 1824.

HUITIÈME LETTRE

A MADAME.....

Pétitions et audiences. — Négociation des pleurésies et es-
compte des fluxions de poitrine. — Sous-préfecture en 1840.
— Océan bureaucratique. — Secrétaires royaux. — Crayon
rouge. — Paquets de pétitions. — Royaume des cartons. —
Grandes entrées pour trois sous. — Louis XIV. — Dufresni. — Maître Thierri, avocat. — Pétition à la mode.
— Audiences et bourrades. — Louis IX. — Je n'en sais
rien. — L'agent d'affaires. — Numérotage des chapeaux.
— A dix francs le n°. 2. — L'art de se tenir debout. —
Cela ne me concerne pas. — Puissance dilatoire. — Audiences sous Napoléon. — Portrait d'un ministre par Fontenelle. — Je ne sais pas votre nom.

AVEZ-VOUS quelque chose à solliciter
près des grandes administrations? Per-
suadez-vous bien que rien n'est plus
vain que le moyen des *pétitions* et des

audiences. Il faut savoir cela; il faut surtout que la province l'apprenne, car le premier élan des petites ambitions départementales se manifeste toujours en *pétitions :* après quoi elles se jettent dans la malle-poste pour venir faire cohue à des *audiences* d'où elles sont repoussées par la grosse artillerie des réponses vagues et des promesses dilatoires.

Aujourd'hui tous les emplois se distribuent d'avance par les coteries et dans leurs salons; elles savent quelles places vaqueront dans toutes les probabilités de démissions, de destitutions, et même de décès; elles ont la liste des fonctionnaires malades, des salariés valétudinaires, et leurs candidats trafiquent entre eux des espérances de mortalité ; ils négocient les pleurésies et escomptent les fluxions de poitrine. Est-il question d'un changement de ministère? tous les sujets sont d'avance désignés dans l'un ou l'autre système. Les coteries ont toujours tout prêts des cadres de directeurs - généraux, de chefs, de sous-chefs qui iront juste à la mesure des nouvelles Excellences : elles n'auront que les brevets à faire remplir.

Cependant la population pétitionnaire des provinces, et une grande partie même de la population solliciteuse de la capitale, ignorent que, dans chaque salon, le budget des places des années suivantes est toujours dressé à l'avance; que l'on tire sur les emplois à une, deux ou trois usances, comme sur les banques et les places de commerce, et elles ne savent pas non plus que les ministres portés par la coterie sont forcés, s'ils arrivent au pouvoir, d'accepter ces lettres-de-change de nouvelle espèce.

C'est donc pitié de voir les départemens se mettre en fermentation à la
moindre mutation ministérielle que publie le Moniteur, et produire une foule
de pétitions laborieusement noircies
d'inutiles apostilles. Dans ce siècle
éhonté, tout ce qui rapporte ou doit
rapporter, places, marchés, fournitures, est adjugé, par une longue prévi-
sion, à soi-même et à ses héritiers en
ligne directe ou collatérale. Je n'oserais
dire si telle sous-préfecture, après laquelle courent en ce moment plusieurs
aspirans, n'est pas engagée, à jour
fixe, pour l'ouverture de la session de
dix-huit cent quarante.

Cette désespérante et monstrueuse
vérité devrait faire tomber les placets
de toutes les mains; mais non : le placet et la pétition sont une maladie du
siècle : l'un et l'autre, enfans de ces
fantasmagories ministérielles qui, de-

puis la restauration, ont produit et usé toutes les notabilités politiques, se nourrissent encore des changemens et des espérances de changemens dont on nous a fait un besoin. Les bras se soulèvent pour présenter des pétitions, comme naguère ils se sont tendus pour prêter des sermens.

Le destin de toute pétition est d'aller expirer aux mains d'un commis chargé du détail ou de l'objet auquel elle se rapporte. Demandez-vous la grâce d'un coupable, un dégrèvement d'imposition, ou une fourniture de fourrages?

Il y a, dans les bureaux de monseigneur le garde-des-sceaux, et de LL. EE. les ministres des finances et de la guerre, un employé sur la table duquel arrivera inévitablement votre pétition. Faites-la rédiger par un académicien, ou par un membre de la société des bonnes lettres; confiez-en l'expédition

aux plus belles mains et au vélin le plus
soyeux ; chargez un pair de France de
la remettre lui-même au ministre, ou
jetez-là tout simplement à la poste,
son sort sera le même. De chute en
chute elle arrivera au commis qui doit
la recevoir ; seulement elle lui parvien-
dra d'autant plus tard que vous aurez
employé plus de détours pour lui mé-
nager un succès impossible. Les pétitions sont toutes semblables à ces eaux
qui cherchent leur niveau : vous avez
beau les élever, les élancer jusqu'aux
grands, elles retombent nécessairement
pour aller se perdre en rampant, dans
le vaste Océan bureaucratique.

Regardez cela comme un principe,
comme une règle de nos mœurs administratives, et vous aurez déjà beaucoup gagné en temps et en expérience.

Quoi qu'il en soit, vous ne désa-
buserez jamais la foule qui veut, à

toute force, que ses importunes pétitions arrivent par le roi , ou tout
au moins par les princes. Je vous ai
développé, dans ma première lettre ,
l'impossibilité où se trouvait un roi de
rendre la justice par lui-même. Comme
il ne saurait répondre à trente millions
de pétitions, il paie cinq à six ministres pour faire cette besogne , selon les
lois et les ordonnances. Or toute pétition adressée au roi ou aux princes est
renvoyée au ministre qu'elle concerne,
Apprenez comment cela se pratique.

Il y a toujours près des rois et des
princes un bureau où viennent aboutir
toutes les pétitions qui leur sont adres-
sées , ou remises directement. Si ces
augustes personnages les voulaient lire,
il ne resterait à ces pères du peuple
aucun moment à donner aux grands
intérêts de l'État. C'est déjà beaucoup
d'avoir des secrétaires assez habiles pour

démêler, dans le long exposé de tant
d'intérêts divers, quel ministre est ap
pelé à juger la demande. Aussi ces secrétaires royaux se bornent à chercher,
à la hâte, dans cette multitude de pétitions, à travers la pompe des témoi-
gnages de reconnaissance, et le luxe
des protestations de respect, le ministère qu'elles concernent, et,armés d'un
crayon rouge, inscrivent, dans un des
angles du placet, ces mots :

Guerre,

Justice,

Intérieur,

Finances, etc.,

selon que le placet concerne l'un ou
l'autre de ces départemens. Le siècle
étant essentiellement pétitionnaire, il
arrive journellement à chaque ministère des paquets ficelés de ces pétitions,
ainsi renvoyés des cabinets des princes.
Ces paquets sont ouverts au secrétariat

général du ministère , qui distribue les pétitions entre les divers chefs de bureaux , lesquels les remettent enfin aux commis chargés de détails. Vous le voyez , votre pétition , précipitée dans la boîte aux lettres suspendue à la porte de l'épicier voisin , recevait précisément la même destination ; mais elle y arrivait plus vite et plus simplement.

A cela près de quelques exceptions , de quelques doléances qui retentissent dans les cœurs royaux , où les cris de justice et d'humanité ont des échos fidèles, ce mécanisme embrasse, avec une impassible égalité , avec l'égalité de la mort , toutes les pétitions. Comme des ombres, et non moins qu'elles soumises , par le droit du timbre , à un tribut semblable à celui qu'impose le noir Caron , elles passent du cabinet royal dans la barque ministérielle dont

la rame funéraire les conduit au grand
royaume des cartons.

A présent que dites-vous de ces in-
sensés qui, guettant la sortie des
princes, les épient aux revues, aux palais, à la chasse, aux spectacles, dans
les tournois, dans les fêtes, dans les
petites guerres, et, tenant des placets
à la main, enfoncent les sentinelles, se
font jour à travers les baïonnettes, et
défient l'impétuosité d'un char royal ?
Si vous avez jamais quelque humble
supplique à présenter, croyez-moi, ne
vous faites point bourrer par les Suisses,
ni rouer par les chevaux ; jetez-la
dans les boîtes de M. de Vaulchier qui,
moyennant trois sols, vous donnera
toujours vos entrées auprès des personnages les plus illustres et les plus
inaccessibles.

Depuis dix ans que nous bâtissons
sur des ruines, chacun, sur ce terrain

10*

mouvant, cherche son équilibre, et attend sans cesse d'un nouvel écroulement quelque fixité provisoire. Vainement la raison crie à tue-tête au ministre qui succombe :

« De ta chute, ignorant, ne vois-tu pas la cause,
» Et que c'est pour avoir du point fixe écarté
» Ce que nous appelons centre de gravité? »

Le ministre qui arrive ne sera pas plus solide sur ses jambes; et, à peine aura-t-il pris position, que déjà des milliers d'ambitieux le coudoieront pour le précipiter. Ces continuels naufrages nous ont accoutumés à regarder les places comme une industrie, et le budget comme une proie : sous un état de choses pareil, il est difficile de trouver une poche qui ne renferme pas au moins une pétition.

Au contraire, les pétitions deviennent rares sous un gouvernement qui a de la fixité, et elles rencontrent, par cela même, des chances de succès. Ainsi le gouvernement de Louis XIV abonde en exemples de pétitions heureuses. On raconte que ce prince renfermait les placets qu'on lui présentait dans une cassette dont lui seul avait la clef. En sortant de la messe, il jetait les yeux de droite et de gauche, et par son air et ses regards invitait les demandeurs à l'approcher. Un gros Suisse, en avant du cortége, écartait un jour, avec brusquerie, la foule qui se précipitait, et, bien que le passage fût large et royal, criait de toute la force de ses poumons : *Place, place au Roi!* — Ne vois-tu pas, lui dit Louis XIV d'un ton sévère, que voilà une femme qui a un placet à me présenter ?

Dans ces temps de monarchie absolue, on voyait régner quelque indulgence et quelque liberté : une gaieté, une

saillie, une originalité, étaient, auprès
des grands, un moyen de succès. Dufresni, moins connu par ses comédies
que par le souvenir de ses prodigalités,
présenta au régent cette bizarre pétition : « *Monseigneur, Dufresni sup-*
» *plie Votre Altesse Royale de le*
» *laisser dans la pauvreté;* » et le duc
d'Orléans inscrivit, de sa main, au
bas du placet, ce seul mot : *Refusé.*
Deux cent mille francs furent la ré-
compense de cette témérité.

Vous citerai-je le placet de cet im-
pertinent avocat qui, sous le même
prince, osa se raidir contre l'invasion
que voulait faire de son domicile le maréchal de Villars. Il présenta au régent
cette singulière requête :

« Maître Thierri, avocat aux conseils
» du roi, représente très-humblement
» à Votre Altesse Royale que Monsieur
» le maréchal de Villars, n'ayant plus

d'ennemis à combattre, a mis le siége devant le cabinet d'un pauvre avocat. Il croit, sans doute, que la place se rendra à la première sommation; mais le suppliant a résolu d'attendre le gros canon, et ce gros canon ce sont les ordres de Votre Altesse royale. »

Le duc d'Orléans écrivit en marge : « *Monsieur le maréchal, levez ce sié-ge; ce sera le premier que vous ayez levé.* »

De nos jours, la pétition de Dufresni eût été gravement renvoyée à M. de la Ferté, et celle de Thierri à M. de Corbière.

J'en ai pourtant vu réussir quelques-unes; mais elles étaient écrites d'un autre style, témoin celle-ci :

« Monseigneur,

« Vous n'ignorez pas que je suis nanti de votre correspondance privée. J'ai

» besoin d'un emploi : je vous le de-
» mande.

» Agréez, etc. »

Le succès de pareilles demandes
frappe également de mépris le ministre et le solliciteur.

Après l'inutilité des pétitions, je ne
connais rien de plus vain aujourd'hui
que les *audiences*. C'est pourtant là
qu'un ministre, appliqué à étudier les
droits et les services, apprendrait à
connaître la vérité. Mais les audiences
ne sont que des simulacres de justice
et de popularité ; aux entraves dont les
environnent la force armée et les huissiers, à l'aspect des appartemens riche-
ment décorés qu'il faut traverser, elles
semblent un moyen inventé d'étaler le
luxe du budget, et de déployer les attributs de la puissance. Que dirait un
pauvre solliciteur, échappé à ces somp-

ueuses audiences, tout meurtri des
ourrades d'une vingtaine de vétérans
et d'une douzaine de Suisses, si, ou-
vrant l'histoire de Louis IX, il lisait
e passage touchant du sire de Join-
ville :

« On voyait le bon roi venir au jar-
› din de Paris, vêtu d'une cotte de came-
› lot, avec un surcot de tiretaine sans
› manche, et par dessus, un manteau
› de taffetas noir : là il faisait étendre
› un tapis pour s'asseoir avec ses con-
› seillers, et dépêchait son peuple di-
› ligemment. Deux fois par semaine,
› il donnait audience dans sa chambre.
» On voyait aussi le bon roi, après la
» messe, aller se promener au bois de
» Vincennes, s'asseoir au pied d'un
» chêne, et donner audience à tous
» ceux qui avaient à lui parler, *sans
» qu'aucun huissier ou garde les em-
» pêchât de l'approcher.* »

Le roi saint Louis donnait deux audiences par semaine : nos ministres n'en
donnent qu'une. Saint Louis les tenait
de sa personne royale ; nos ministres
délèguent ce soin à un directeur-géné-
ral qui le délègue à un chef de bureau ;
mais le chef de bureau n'est point aussi
facilement accessible que saint Louis.

C'est jour d'audience publique ; on a
doublé les postes ; deux vétérans croisent la baïonnette devant la grande
entrée du ministère où, depuis midi,
ils ont peine à contenir la foule qui
n'entrera qu'à deux heures. Une senti-
nelle est placée à la porte de chaque
bureau ; et, dans ce jour d'audience,
chacun a reçu la consigne de ne laisser entrer personne.

Deux heures sonnent, on voit se
précipiter, se répandre çà et là, dans
les cours et dans les couloirs, la longue
queue de solliciteurs qui se subdivise

soudainement en autant de petites queues qu'il y a de bureaux dans le ministère. Pendant ce temps, des solliciteurs novices, errans de corridor en corridor, grimpent les escaliers A et B, et interrogent les écriteaux pour trouver le commis dont ils ont besoin. Réduits à faire sur les murailles l'étude de la dernière organisation, quatre heures sonneront avant qu'ils aient trouvé le bureau qu'ils cherchent ; d'autres, non moins malheureusement inspirés, s'accrochent à l'employé qui traverse la cour ; ils en espèrent un renseignement et en reçoivent, pour toute réponse, un brusque et énorme : *Je n'en sais rien.* Tandis qu'à chaque porte on se heurte, on se coudoie pour gagner les premiers rangs, un petit homme qui s'est élancé d'un tilbury, tenant à la main un rouleau de papier, franchit le grand escalier, fait signe

au garçon de bureau, qui écarte la
foule pour faire place à ce privilégié.
C'est un agent d'affaires qui a mis la
main aux six cent trente-sept millions
de liquidation de l'arriéré, et qui est
maintenant à la piste des créances Ou-
vrard.

Cependant les garçons de bureaux,
menacés d'insurrection et de soulève-
mens partiels, tentent de mettre de
l'ordre parmi ces factieux. Chacun a,
dans son tiroir, cent numéros qu'il
distribue aux premiers arrivés. On voit
soudain les chapeaux des solliciteurs
ornés de ces cocardes numérotées qui
deviennent comme le thermomètre public de leur patience. Le calme se réta-
blit : les premiers numéros tiennent
bon; mais les chapeaux cotés de cinquante à cent prennent leur parti et
vont, dans le café voisin, soupirer après
un tour qui peut-être n'arrivera pas.

On a vu un garçon de bureau se créer
n moyen de fortune dans cette distri-
ution de numéros. Dans ses mains, ce
était point l'activité du solliciteur qui
aisait la conquête des premiers chif-
res ; il en mettait la répartition à prix,
t vendait dix francs le n°. 1 , cinq
rancs le n°. 2 ; on l'a vu, dans la même
éance, vendre et racheter les mêmes
uméros, pour les revendre à de plus
ffrans. Ce scandale ne fut connu que
orsque d'empressés solliciteurs trafi-
uant eux-mêmes, dans la cour, de nu-
néros achetés , criaient à vingt francs,
   dix francs le n°. 2. Le cours s'établis-
ait en hausse vers deux heures; il fai-
lissait à trois heures, et l'on se de-
nandait , en arrivant, comment était
oté tel numéro ?

Il y a des gens qui sont nés pour
ester debout, pour qui la chaise est un
neuble inutile. Sont-ils fatigués, ils

lèvent la jambe gauche, et confient seulement à la droite le soin de soute-nir la pesanteur de leur personne ; quand la droite en a son compte, ils la soulèvent à son tour, et la gauche reprend le service. C'est une faculté que les bons solliciteurs et les courti-sans partagent avec la gent qui per-che. Lorsque, dans les antichambres, vous rencontrez un homme dont les jambes pratiquent habilement cette manœuvre, regardez-le comme un ri-val dangereux. Ceci est un fait : sur vingt hommes en place, il y en a dix-neuf qui se tiendraient, au besoin, pendant deux heures, sur une seule jambe. Aux audiences, ce sont aussi ceux-là qui pénètrent dans le cabinet du directeur ou du chef de bureau.

Mais, pour être parvenu dans ce sanctuaire, ne croyez pas que vous touchiez au but. Deux puissances menacent d'éterniser vos démarches: 1°. la puissance qui mobilise les attributions de chaque bureau, et qui enlève continuellement à celui-ci pour donner à celui-là, et réciproquement; 2°. la puissance *dilatoire*, puissance moderne, qui consiste à gagner du temps, à atteindre sans solution, le lendemain, le surlendemain, enfin le jour où l'on émarge, pour rentrer encore le mois suivant, aux dépens des pétitionnaires, dans les mêmes lenteurs et dans les mêmes délais. Exemples :

Puissance qui mobilise les attributions. Me voilà introduit dans le cabinet de M..... Il a le dos au feu : il me regarde à peine, et tourmente gravement le tabac qu'enferme sa boîte d'or, pendant que je m'escrime à exposer mon affaire. Après mon discours, il me répond savamment : *Cela ne me concerne pas.* Je demande quel est le col-

lègue que *cela concerne* ? Il ne saurait
me le dire : depuis la dernière organisation, les attributions ont été changées. Je m'étais cru entré dans le cercle de mes sollicitations, point du tout,
jem e trouve lancé sur une tangente
qui ne touche plus ce cercle qu'en un
point, et c'est une nouvelle et importante affaire que de savoir qui mon
affaire concerne. Il y a, vous le voyez,
absence de toute solidarité entre les
bureaux d'un ministère: le bureau n°. 1
ne sait pas le moins du monde ce que
fait le bureau n°. 2, et le bureau n°. 2
professe exactement la même ignorance à l'égard du bureau n°. 1; de telle
sorte qu'on pourrait, sans nuire au
service, tel qu'il est maintenant entendu, colloquer dans l'hôtel des
finances trois ou quatre bureaux des
affaires étrangères, et dans l'hôtel de
l'intérieur trois ou quatre bureaux de

la justice. C'est donc une solution très-
ordinaire, très-convenable, et fort en
usage, que cette réponse : *Cela ne me
concerne pas* ; non seulement on la
jette sans cesse au uez des solliciteurs,
mais on en tire quelquefois la satisfai-
sante conclusion d'un long rapport au
ministre.

Ceci me rappelle le trait d'un milord
anglais qui, étant dans ses terres, s'a-
visa d'ordonner à son cocher d'aller
chercher de la crème au village. A l'exemple de mon chef de bureau, cet homme
répondit que *cela ne le concernait pas*,
que c'était l'affaire des servantes.— « Et
quelle est donc la tienne ? — Panser
mes chevaux, les atteler et conduire
la voiture. — Eh bien ! mets les chevaux, prends une des servantes dans ma
voiture, et qu'elle aille chercher de la
crème. » Si j'étais ministre, j'enverrais
très-certainement chercher de la crème

à tous les chefs de bureau, qui, pour toute solution, me diraient que *cela ne les concerne pas*.

Puissance dilatoire. C'est cette puissance, qui, mettant à la diète nos ambitions et nos intérêts, les use comme nos habits par des progrès imperceptibles ; elle s'appuie d'une main sur le temps, et de l'autre sur l'espérance. De nos jours, cette puissance est le seul premier ministre durable. La torpeur de ses doctrines pénètre tous les agens, engage les ressorts de l'administration ; et, sans les priver de mouvement, les ralentit, comme l'aiguille de la pendule, qui marche et qu'on ne voit pas marcher. A ce jeu, l'administration avance et les administrés restent en arrière. La puissance dilatoire s'est créé un dictionnaire *prorogatif*, qui repousse continuellement le présent dans l'avenir, et en forme un indécomposa-

ble mélange; elle a des locutions qui
trompent les impatiences, comme aux
prochaines élections, à la *session prochaine*. Cette puissance gouverne avec
des délais et des remises; elle a, pour
sceptre, un almanach. Le commerce,
les arts, les sciences, les lettres, qu'elle
endort, la rencontrent partout; c'est
elle qui préside aux audiences. Si un
chef de bureau ne peut vous échapper
par un *cela ne me concerne pas*, il se
réfugie dans ces phrases de la puissance
dilatoire : *Votre affaire est sous les
yeux du ministre*, ou *on a écrit au
préfet*, ou *rien ne m'est encore parvenu*, ou *le conseil d'État est saisi*.
N'allez point à d'autres sources, ne
questionnez pas d'autres agens, de semblables défaites vous atteindraient partout, et vous vous exposeriez à ce que
le garçon de bureau lui-même vous

poursuivît en vous criant : *Revenez jeu-di, à la prochaine audience.*

Sous le règne de Napoléon, la puissance dilatoire, chassée de l'administration, trouvait tout au plus quelque étroit réfuge dans la diplomatie, son asile naturel. On était tombé dans l'excès contraire : le maître voulait voir le lendemain, en épi, le grain de blé qu'il avait semé la veille; nos serres n'étaient pas toujours assez chaudes pour produire ce miracle. Toutefois nous comptions l'avenir pour peu de chose : les affaires s'expédiaient à la minute; nous ne connaissions de positif que le moment présent, nous étions, en administration, de véritables épicuriens.

On doit aux ministres de ce temps la justice de dire qu'ils donnaient eux-mêmes les audiences, et les donnaient d'une manière profitable. Je vois encore leurs salons remplis d'une foule

d'intéressés, où le paysan et le porte-
faix étaient confondus avec le préfet et
le général. Chacun était admis dans
l'ordre de son arrivée. Le ministre avait
près de lui deux secrétaires. Il recevait
la pétition qui lui était remise, ou
écoutait l'exposé qui lui était fait; en
présence même du solliciteur, il dictait un ordre pour se faire immédiatement rendre compte, ou bien il anno-
tait lui-même la pétition de ces mots
qu'il signait : *me faire un rapport, ré-*
pondre dans les vingt-quatre heures.

Il faut qu'un ministre soit accessible
à tous et qu'il rende la justice administrative aussitôt qu'elle est invoquée. Ce
moyen est le seul de la soustraire aux
prix qu'y mettent quelques sous-ordres,
dans les mains desquels elle retombe.
Dérobez-leur cette noble initiative, et
n'attendez pas qu'un rapport tardif,
influencé par l'intrigue, raturé par la

cupidité, recommencé par la haine ou
par la délation, vienne obscurcir ou
fausser votre décision. Que votre porte
soit ouverte aux doléances; entretenez
commerce avec vos administrés, et mé-
ritez le digne éloge dont Fontenelle a
honoré la mémoire d'un ministre de
nos rois.

« Environné et accablé dans ses au-
» diences d'une foule de gens du peu-
» ple, pour la plus grande partie peu
» instruits même de ce qui les ame-
» nait, vivement agités d'intérêts très-
» légers, et souvent très-mal entendus,
» accoutumés à mettre à la place du
» discours un bruit insensé, il n'avait
» ni l'inattention, ni le dédain qu'au-
» raient pu s'attirer ou les personnes
» ou les matières; il se donnait tout
» entier aux détails les plus vils enno-
» blis à ses yeux par leur liaison avec

» le bien public; il se conformait aux
» façons de penser les plus basses et
» les plus grossières; il parlait à cha-
» cun sa langue, quelque étrangère
» qu'elle lui fût; il accommodait la rai-
» son à l'usage de ceux qui la connais-
» saient le moins; il apaisait enfin avec
» bonté des esprits farouches, et n'em-
» ployait la décision de l'autorité qu'à
» défaut de conciliation. »

Loin de rechercher cette paternelle popularité, d'ouvrir leurs hôtels à ces audiences familières, l'orgueil de nos ministres d'un jour les a échangées contre ce qu'ils appellent des *récep-tions*. Aussi lisons-nous, chaque matin, dans nos journaux : M. le ministre de . . . . . recevra ou ne recevra pas jeudi prochain.

A ces pompeuses réceptions ne sont admis que les agens et les amis du pouvoir. Là, chacun fait assaut de complaisance ou de servilité. La confusion est grande dans cette multitude de physionomies si diversement colorées par les fureurs de la république, les terreurs du directoire, les violences de l'empire, les abstinences de l'exil, et les intempérances de la restauration. Certains visages, ignorés les uns des autres, se regardent comme pour se demander d'où ils viennent? Quelquefois le ministre lui même n'est pas le plus connu. Le croiriez-vous? à l'une de ces dernières réceptions, un vieux serviteur, dont la patrie compterait aisément les cicatrices et les services sans récompenses, est abordé par le ministre qui, d'un air tout-à-fait étranger, lui dit : « Pardon, monsieur, je ne sais pas votre nom, et je serais bien aise . . . . . » A quoi l'autre répliqua, avec beaucoup de justesse et de présence d'esprit : « Il n'y a pas de quoi, Monseigneur. Votre Excellence est exactement dans le même cas que moi : je demandais tout à l'heure où était le ministre ? »

NEUVIEME LETTRE

A MADAME.....

Réformes et épurations. — Soixante commis livrés au Minotaure. — Tant par discours. — Fragment d'éloquence parle-
mentaire. — Examen de conscience. — Dialogue entre le
ministre, deux directeurs et le secrétaire général. On dé-
cime les employés. — Plumes changées en poignards. —
Liste de proscriptions. — Lettres de recommandation. —
— Diplomatie et Académie royale de musique. — Tirage
au sort. — Les réformes mises en loterie. — La paire de
ciseaux. — To be or not to be. — Cris de désespoir. — Mo-
dèle d'une lettre de réforme. — Résignation. — Justice !
Justice ! — Folie. — La navette.

PARCE QUE votre père, votre mari,
votre frère et vos deux cousins ont successivement été réformés, vous vous

imaginez qu'un ministre est un monstre, un ogre qui veut manger seul au
grand râtelier du budget, et vous désirez savoir comment s'opèrent ces nombreuses destitutions qui arrachent tant
d'applaudissemens aux vainqueurs et
tant de larmes aux vaincus. Persuadez-
vous bien que ces Saint-Barthélemi
d'employés s'exécutent, de la part du
ministre, sans fiel ni haine personnelle envers les victimes. Il y a bien
là-dedans de la manie d'*épuration*,
c'est-à-dire qu'à la faveur de ces dragon-
nades de commis, on se fait passer, dans
d'illustres antichambres, pour un in-
corruptible ami des doctrines monar-
chiques et religieuses ; mais telle n'est
point la cause principale de la réforme
de vos chers parens.

Plus un ministre a de dépenses à faire
passer, plus il doit s'attacher à donner
des gages d'apparente économie, et, en

11*

cela, les médiocrités de tribune servent merveilleusement les combinaisons des ministres. Toujours quelques orateurs accrochent leur éloquence au petit chapitre de nos dépenses intérieures. Dans un budget d'un milliard, leur protection pour les contribuables ne trouve à contrôler que le modeste million de nos appointemens et les cent mille francs de nos gratifications ; ils font de la métaphore sur notre chauffage, de l'antithèse sur notre éclairage, et de l'ironie sur nos fournitures de bureau. Un ministre est ravi de ces agressions-là. Quand on a bien déclamé, bien tonné contre la bureaucratie, le ministre livre au Minotaure une soixantaine de commis, et le voilà réputé non moins économe qu'un Sully. J'ai vu un temps où le tarif de ces holocaustes était réglé comme une page de Barême, et je vous aurais dit, sans me tromper d'une unité, combien chaque discours nous coûterait de réformes; c'était :

5 par harangue de M. La Bourdonnaye;

10 par philippique de M. Donnadieu ;

15 par catilinaire de M. Clausel de Coussergues ;

et 20 par homélie de M. de Marcellus.

Les rois de l'antiquité avaient coutume de sacrifier quelque quadrupède en signe d'alliance : c'était une génisse blanche, quelquefois un mouton. Les alliances d'un ministre avec le côté économique de la Chambre exigent aussi des victimes : ce sont les commis.

Ce qu'il y a de fort bizarre dans ces sacrifices annuels, c'est qu'on les qualifie d'*organisation*. Cela doit vous rappeler la *grâce suffisante* des molinistes, qui n'était autre chose, selon l'ingénieuse démonstration des Provinciales, que la *grâce insuffisante*. De même, les *organisations* de leurs Excellences ne sont souvent que des *désorganisations*.

Quoi qu'il en soit, vous vous adressez fort bien : j'ai vu, pour ma part, vingt-sept organisations, et assurément j'ai eu tout le loisir d'observer ; sur ces vingt-sept organisations, j'ai résisté à vingt-quatre : c'est assez vous dire que je n'ai été mis à la porte que trois fois, ce qui m'a autorisé à écrire quelque part qu'on m'a non-seulement chassé et rechassé, mais encore *re-rechassé*.

Des députés sont montés à la tribune, et, à l'occasion de la discussion du budget, l'ont fait retentir des phrases que voici, et que je n'invente point ; je copie le Moniteur :

« Partout d'énormes appointemens, » des frais de bureaux immenses, des » ARMÉES DE COMMIS, surchargent le » trésor et insultent à la misère publi-

» que. Les hommes de plume conti-
» nuent à écraser l'état et à encombrer
» les administrations.

Cette sortie, fidèlement reproduite
par tous les journaux du lendemain,
est le triste avant-coureur d'une prochaine *organisation*. Elle a porté l'effroi
dans le cœur des hommes de plume.
Chacun cherche autour de soi s'il a
quelque motif de réforme, et tremble
d'en rencontrer de trop plausibles. Celui-ci, par exemple, se rappelle qu'il
a un cousin qui a été sous-préfet de
l'empire ; cet autre, une sœur qui fut
marchande de modes d'une reine dé-
chue. L'un s'accuse en secret d'avoir
plaisanté une phrase du journal ministériel ; l'autre, d'avoir été prendre sa
demi-tasse au café Lemblin. Tous enfin,
en mangeant leur pain sec et en se
désaltérant au pot-à-l'eau du ministère,
craignent *d'insulter à la misère publi-*

que ; ils voudraient se dissimuler qu'ils appartiennent à quelque bataillon de ces armées de commis qui surchargent le trésor.

Le ministre a donné un de ces dîners de cinquante couverts où le fumet du chevreuil et la vapeur de la truffe réunissent les suffrages et forment les majorités. Il a convoqué pour le soir même deux directeurs et le secrétaire général. Tous quatre sont déjà dans le cabinet de travail. « Messieurs, dit Son Excellence, la Chambre crie contre la bureaucratie ; je dois donner l'exemple d'une grande réforme parmi les employés : il me faut 120,000 francs d'économie. — Hélas ! Monseigneur, vous voulez donc mettre à la porte soixante commis à 2,000 francs ? — Combien sont-ils ? — Six cents. — Arrangez-vous comme vous le voudrez, il faut en renvoyer un sur dix. — Soixante per-

sonnes. cela fera bien des mécontens.
— Renvoyez donc quatre chefs de bureau, huit sous-chefs et vingt-huit
commis; frappez les gros appointemens,
et vous ferez mes 120,000 francs avec
quarante personnes au lieu de soixante;
cela est philanthropique. »

La base du travail est ainsi arrêtée.
Il n'est venu à la pensée d'aucun de ces
quatre messieurs qui touchent ensemble
270,000 francs, qu'en prenant à la lettre
le conseil de Son Excellence, ils obtien-
draient 120,000 francs d'économie,
conserveraient encore 150,000 francs,
et n'auraient personne à réformer.

Comme les conspirations, ces sortes
de sacrifices se préparent dans le
plus profond secret. Les deux directeurs font appeler près d'eux les chefs
de bureau (à l'exception des quatre
qu'eux-mêmes ont d'avance immolés)
et ordonnent à chacun de proposer une

ou deux ou trois victimes. Ces mysté-
rieuses convocations ont donné l'é-
veil. Les chefs rentrent silencieusement
dans leurs bureaux avec des visages al-
longés; en moins d'un instant ils ont
échangé leurs mines rubicondes contre
des physionomies de conjurés. Leur
plume innocente, qui s'exerçait aupara-
vant à la circulaire, et n'avait fait jusqu'ici qu'une guerre légale aux contribuables, va en effet se changer en un
poignard, qui doit commettre dans
l'ombre un ou deux ou trois assassi-
nats.

Chaque chef, sous la protection du
verrou, prépare lui-même un état no-
minatif de ses employés, où est réservée
la colonne des proscrits, et le voilà
changé en un petit Sylla au tribunal
duquel viennent plaider à la fois des
inimitiés, des affections, des caprices
et des préférences, qui désigneront à

rt et à travers les victimes obligées.
près bien des hésitations, après avoir
ouffé mille fois les cris d'une conscience
ui se soulève, il porte enfin le coup
tal, et ces mots homicides, *à renvoyer*,
nt été inscrits en regard de trois
oms.

Il n'y aura que quarante victimes;
lais six cents employés craignent le
ait mortel, et se sont déjà mis en cam-
agne pour trouver des boucliers. Dans
l huitaine qui suit les premiers bruits
e cette organisation, le ministre, les
eux directeurs et le secrétaire général
eçoivent six cents lettres de ducs, de
omtesses, de pairs de France, d'évê-
ues, de députés, de généraux, d'aca-
émiciens, qui les prient d'épargner un
eveu, un cousin. A ces lettres, où les
rotestations de gratitude prennent
outes les formes, viennent se joindre
e petits billets d'une main qu'on ai-

me, des notes de femmes de chambre, et quelquefois des recommandations de laquais qui sont en possession de faire de la faveur et de demander des grâces. Ce seront là les élémens définitifs de la nouvelle organisation.

Alors commence entre les six cents noms des employés une lutte où chacun est successivement inscrit et effacé sur la liste des quarante proscrits. Pendant huit jours la faveur et la protection se livrent, dans le cabinet des directeurs, du secrétaire général et du ministre, des combats où les espérances et les craintes restent tour à tour sur le champ de bataille. Là une actrice remporte la victoire sur un général; là un pair de France est mis en déroute par un maître de danse, et (bizarrerie qui chérit la fortune) ces triomphes seront peut-être ceux de la justice, des services et de l'utilité.

Vous le voyez, ce ne sont point les
roits véritables, l'ancienneté ni les ta-
ns qui nous défendent contre la ré-
rme ; ce ne sont point les chefs, les
irecteurs ou le ministre qui font l'or-
anisation ; c'est une foule de protec-
eurs illustres ou obscurs qu'ils redou-
ent ou qu'ils aiment. Ce peut être un
mbassadeur, ou une première dan-
euse. La diplomatie et l'Académie
oyale de musique ont une grande part
ux épurations.

Dans ma carrière bureaucratique,
'ai cru remarquer que les lois du ha-
ard, considérées comme moyens administratifs, recevaient chaque jour une
application croissante. Beaucoup d'intérêts, par exemple, se tirent au sort,
et personne ne s'avise de murmurer
contre ces décisions de la fortune. Le
tirage au sort s'est introduit dans les
finances, où il exerce toute l'autorité

d'un premier commis ; il se pare de
gros lots , de primes et de beaucoup
d'autres appâts dont nous recevons les
piqûres sans crier le moins du monde.
Bien plus , le hasard , ce grand administrateur , s'est chargé de désigner nos
guerriers , et c'est avec son urne qu'il
compose et entretient nos armées. Pourquoi ne le ferait-on point aussi l'arbitre
des réformes et des destitutions ? Si
j'étais ministre et que l'on me comman-
dât le sacrifice de quatre chefs de bureau, de huit sous-chefs et de vingt-huit
commis, je ferais établir trois globes
de verre où seraient roulés et précipités
autant de numéros que je compterais
d'employés. Je convoquerais chacun à
léur tour les chefs , sous-chefs et commis à jour fixe , dans une assemblée
publique où assisteraient au besoin ,
comme surveillans , les trois administrateurs de la loterie royale , et les pre-

miers nombres sortans marqueraient
irrévocablement les victimes. Pour mon
compte, j'aimerais mieux être destitué
par un numéro que par une fille d'o-
péra.

Et ce mode, que l'on pourrait con-
sidérer comme une boutade de ma
gaieté, je suis bien aise de vous apprendre qu'il a été très-sérieusement
mis en pratique, ou à très-peu de chose
près, par un ministre qui bien certainement était philosophe. Il ne s'agissait
pas d'une petite organisation, mais bien
du licenciement de la grande moitié
de son ministère : il y avait mille employés, et il fallait cinq cents réformes.
Les chefs de division s'appliquèrent,
comme de coutume, à dresser un magnifique état de ce vaste personnel; rien
n'y manquait; les noms, les prénoms,
les services, les observations, les opinions, emplissaient de larges colonnes.

Ce superbe état, comprenant mille employés, est placé sous les yeux de Son Excellence ; mais les mille recommandations dont nous avons parlé, et dont chaque chef se faisait l'organe, venaient pleuvoir sur le ministre qui, au milieu de tant d'hommages rendus aux talens et à la capacité de tel ou tel, ne savait plus sur qui faire tomber la réforme. Que fit le ministre? En présence des chefs de division assemblés, armé d'une immense paire de ciseaux, tels que ceux dont se servent aujourd'hui nos censeurs dramatiques, il coupa en deux parties égales ce superbe état du personnel, et posant, au hasard, la main sur l'une de ses moitiés, il dit : Voilà les cinq cents qui seront congédiés. Vous n'apprendrez pas sans surprise que cette singulière réforme réussit à merveille. Le sort frappa précisément, dans cette moitié, si aventureusement proscrite, les fainéans, les bavards, les incapables et les dénonciateurs. Serait-il donc vrai que l'aveugle fortuns soit plus sage que les ministres?

Mais ce n'est point une impartiale paire de ciseaux qui réglera le sort de nos quarante malheureux. On sait que le travail est fait et signé, et l'on n'arrive plus au bureau sans trembler de trouver sur sa table la fatale lettre de renvoi. Dans cette déplorable situation, tous les employés sont comme ces infortunés qu'un jugement a condamnés et qui attendent l'exécution de la sentence. Le père, la mère, la femme du commis, ses enfans même, craignent et espèrent son retour, qui doit, ou les mettre en joie, ou les désespérer. La question est celle de Caton, *To be, or not to be*, être ou ne pas être.

Durant ces angoisses auxquelles sont en proie six cents familles, le secré-

taire général a mis sous clef deux expéditionnaires occupés à multiplier la
circulaire de réforme. Il tâche d'arriver
au dénoûment dans le plus profond
secret, et profite de la solitude du di-
manche pour faire déposer sur la table
des quarante victimes la lettre homicide.

Le lundi, neuf heures sonnent. C'est
la cloche de la Saint-Barthélemy. Les
quarante réformés ont trouvé sur leur
table leur arrêt de mort, et les cinq
cent soixante conservés tremblent toute
la journée de le recevoir encore. Les
cris de désespoir retentissent dans tous
les corridors; mais ils ne parviennent
point aux oreilles du ministre que défendent des antichambres et des huissiers. J'ai vu ce cruel lundi tomber un
jour où Son Excellence venait de recevoir 20,000 francs pour l'échéance d'un
mois de son traitement annuel.

Il vous tarde de savoir comment est conçue cette lettre de réforme. Pour mon compte, je n'ai que l'embarras du choix. J'ouvre donc au hasard mon secrétaire, et je trouve celle-ci :

• Ministère de   Paris, le   juin

    « Monsieur,

« Le ministre se trouvant dans la pénible
» nécessité de faire des économies pour ne pas
» dépasser les limites de son budget, Son Ex-
» cellence a pensé qu'elle devait d'abord les
» chercher dans une meilleure distribution du
» travail.

» Cette détermination a engagé Son Excel-
» lence à se priver, quoique à regret, de vos
» services à compter du 1er. juillet. Son Ex-
» cellence me charge de vous faire connaître
» qu'elle n'ignore pas les services que vous avez
» rendus, et *qu'elle serait charmée de trouver*
» *une occasion de vous prouver son désir de vous*
» *être utile.*

» L'intention du ministre est que vous soyez
» admis à recevoir, à la caisse du ministère, à

12*

» titre d'indemnité, sur les fonds des dépen -
» ses intérieures, un mois de votre traite-
» ment.

> » J'ai l'honneur d'être, avec une
> » parfaite considération,

> » Monsieur,

> > » Votre très-humble et très-obéis-
> > » sant serviteur,

> > > » Le secrétaire général.... »

Vous entendez bien qu'un pauvre commis qui reçoit cette lettre-là se demande comment, de sa personne, il pouvait nuire *à une meilleure distribution du travail*; qu'il trouve que si Son Excellence éprouve tant de *charme* à lui être utile, rien n'eût été plus simple qu'elle se charmât elle-même en le laissant en place; enfin que ce commis indiquerait sur-le-champ à Son Excellence mille moyens d'économie à faire sur son budget, dont le moindre serait plus fructueux qu'une pareille réforme. Toutes ces observations, toutes ces plaintes, autant en emporte le vent; elles ne sont pas plus écoutées que celles du Corydon de Virgile :

Ibi hæc incondita solus
Montibus et sylvis studio jactabat inani.

Il est parmi ces réformés quelques bons diables qui, gais de caractère, confians dans l'avenir, et professant pour leurs bourreaux le plus profond mépris, prennent philosophiquement leur canne et leur chapeau. D'autres, naturellement sombres et haineux, font le serment de ne jamais remettre les pieds au ministère, et d'éviter la rue même où s'élève son triste hôtel. J'en connais un qui a tenu parole, et qui, après dix ans écoulés, allonge encore sa route, comptant comme vengeances tous les pas qu'il fait de plus; mais il est aussi des esprits tenaces qui voient

une sorte de légitimité dans la possession de l'emploi où ils ont usé vingt
années de leur existence, et qui, au
besoin, iraient le redemander aux trois
pouvoirs. Voici, à ce sujet, une anec-
dote véritable.

Après les cent jours, de funeste
mémoire, un père de famille ayant
quatre mille francs de traitement, sur
lesquels vivaient à la fois sa mère, sa
femme, nourrice, deux grandes demoi-
selles, un jeune garçon et une jeune
fille de cinq à six ans, fut violemment
jeté à la porte avec une centaine d'autres innocens. Il était accusé, par quelque obscur mouchard, d'avoir tenu,
dans un café, un propos fort indifférent. C'était un impudent mensonge :
il ne connaissait pas même le café, et
prouvait l'alibi. Le secrétaire général
était inexorable. L'employé prépare sa
demande avec les pièces à l'appui, et,

sachant que le ministre devait aller à la campagne, il part dès sept heures du matin, emmenant avec lui toute sa famille, dont chaque membre tient à la main un exemplaire du placet justificatif. Il se poste sur la grande route, attendant de pied ferme la voiture du ministre. Son plan est formé : lui, sa mère et sa femme, tenant son enfant à la mamelle, se précipiteront à la bride des chevaux, tandis que chacune de ses filles, accompagnée des autres enfans, assiégeront l'une et l'autre portières. Deux heures s'écoulent dans cette résolution, lorsqu'apparaît dans le lointain, lancée au grand trot, la voiture du ministre. Courir au-devant du char impétueux, se jeter sur les chevaux en criant *justice ! justice!* tout cela fut l'affaire d'un instant. Ce spectacle laissa dans le cœur du ministre une profonde impression, et la place fut rendue à ce malheureux. Dieu protégeait à la fois cette famille contre les chevaux et les secrétaires généraux.

On a vu des commis, doués de moins d'énergie, mourir de comsomption à la suite d'une réforme; quelques autres devenir fous. Parmi ces derniers, il en est un qui se croyait ministre. Il entrait en fureur quand on ne l'appelait pas *monseigneur*. Toute sa journée était employée à écrire; il préparait, disait-il, une organisation, et en effet il inscrivait continuellement en tête de ses réformes les directeurs et le secrétaire général. Rien, comme vous le voyez, n'était mieux établi que cette folie-là.

Je pourrais clore ici le triste tableau de ces destitutions que, dans les ministères, on appelle une *organisation*. Mais j'y dois ajouter ce trait non moins vrai qu'il est digne de nos mœurs ad-

ministratives; c'est que trois mois après
le départ des quarante réformés, le ministère ouvre ses portes à cinquante
nouveaux employés, ce qui ne laisse
pas de préparer à un nouveau ministre
les élémens d'une nouvelle réforme qui
ne s'opérera pas avec moins d'équité et
de philanthropie.